胡國瑞集

易中天 〇八年七月

胡國瑞 著

第二册

上海文藝出版社

第三章　陶淵明詩歌的卓越成就

第一節　陶淵明的生平及思想

一　陶淵明的時代及生平

陶淵明(三六五—四二七),字元亮,晚年更名潛。他是潯陽柴桑(在今江西省九江市西南)人。曾祖侃做過大司馬,祖茂、父逸都做過太守,外祖父孟嘉做過征西大將軍桓溫的長史。他曾於《命子》詩中頌揚其曾祖說:「功遂辭歸,臨寵不忒,孰謂斯心,近而可得!」又讚美其父說:「淡焉虛止,寄跡風雲,冥滋慍喜。」又在爲其外祖父作的傳中說:「行不苟合,言無誇矜,未嘗有喜慍之容。好酣飲,逾多不亂。至於任懷得意,融然遠寄,傍若無人。」(《晉故征西大將軍長史孟府君傳》)從他對於祖先親戚這種高曠的人格風度的讚揚中,可以看出他的家庭環境對他性格的影響。

陶淵明雖然出身於一個世代官僚的家庭,但他的祖和父的官職並不高顯,尤其以一種性情沖淡的官吏,在當時以勢利相尚的社會環境中,不會爲其後人建立便利的出身基礎的。因此,陶淵明雖曾因飢寒所迫,不得不出仕做官,但不過做到地位低微的參軍、縣令。他在二十九歲時(孝武帝太元十八年,公元三九三年),曾出來做其本州江州的祭酒,不久即辭歸;隨後州裏又請他做主簿,他未接受。到了四十歲(安帝元興三年,公元四〇四年)又出做劉裕的鎮軍參軍。四十一歲(安帝義熙元年)又做過劉敬宣的建威參軍;這年從仲秋至冬,又做了八十多天的彭澤縣令,即棄職回家,從此不再出來。此後二十多年的時間,儘管他曾不斷遭受火、旱的災厄,以至飢寒而乞食,不管他所親身參加的農事如何辛苦,他一直以固窮的高尚精神堅持至終。他之出仕和辭官的原因,已極坦率地表白在其《歸去來辭序》中。他之出仕,即因「家貧,耕植不足以自給」。他之辭官歸去,即因感到「嘗從人事,皆口腹自役」而「質性自然,非矯厲所得,饑凍雖切,違己交病」。於是「深愧平生之志」。顏延年的《陶徵士誄》說淵明「薄身厚志」,確從其一生概括出了他的個性。但從他的《與子儼等疏》所說:「性剛才拙,與物多忤,自量爲己,必貽俗患,僶俛辭世,使汝等幼而飢寒。」可見他「薄身厚志」的內心還是不免有所痛苦的。可是,他終未因避免這種痛苦而俯仰從俗。

如上所述,陶淵明之辭官歸隱,乃因他的性情與當時社會風習不相投合,他不願屈己從俗。當時的世俗是什麽狀況呢?就祇拿他開始出仕做江州祭酒到辭彭澤令這十三年(三九三—四〇五)的時事看吧!從孝武帝末期至安帝初期,司馬道子和其子元顯當權,荒淫貪鄙,羣小競進,元顯年齡不到二十,便與其父爭奪權力,並奪取其父的地位當政,於是道子門可設羅,而元顯門前

車馬塞路。元顯更苛刻地役使剛免除奴隸身份的浙江諸郡農民，乃激起孫恩所領導的農民起義。在這時期，以道子父子爲攻討目標，先後曾産生王恭和桓玄所發動的内戰。王恭失敗，而桓玄終於消滅了道子父子，並篡奪晉政權而自稱楚帝，隨又被劉裕所討平。從安帝義熙元年（四〇五）以後，晉政權轉落到劉裕手中，並最後爲劉裕所篡奪而建立南朝的宋王朝。就是這十多年的社會現實，顯得這樣昏濁而變化多端。陶淵明曾在其《感士不遇賦》中慨然地説出他所感到的世俗頹風：「自真風告逝，大僞斯興，閭閻懈廉退之節，市朝驅易進之心。……嗟乎！雷同毁異，物惡其上，妙算者謂迷，直道者雲妄。坦至公而無猜，卒蒙恥以受謗；雖懷瓊而握蘭，徒芳潔而誰亮！」所以他在歸田後的許多詩篇中，常隨處發出這樣的心聲：「厭聞世上語」「但畏人我欺」（《擬古》其六）、「去去當奚道，世俗久相欺」（《飲酒》其十二），因此，他「不學狂馳子」（《擬古》其二），而自「量力守故轍」（《詠貧士》其一）了。由此可見，陶淵明之辭職歸隱，乃是由於他不滿於當時社會的污濁，他自己既無力加以變革，而又不願違己地隨俗浮沉，便決然舍去，以求獲得自己心之所安，決不能如過去某些人那樣狹隘地理解，認爲他是恥事二姓。他在《桃花源記》中所描寫的那種理想社會，也是基於對其所不滿的現實社會的否定而産生的，並非爲了表示留戀某姓王朝而反對另一姓王朝，他的退隱的積極意義即在於此。

二　陶淵明的思想

陶淵明在其作品中表現出的思想是很復雜的。他的復雜的思想，有其社會的和歷史傳統的根源，並隨其生活經歷而相互起伏，支配着他的人生態度。

他在《飲酒》詩中説：「少年罕人事，游好在六經。」極顯然地表明他的思想，是早已植根於儒家學術思想的土壤中的。他在《命子》詩中，字其子儼爲「求思」，而爲之「尚想孔伋」，也可見其早年服膺儒學之深。自從儒家思想被封建統治者利用作爲社會統治思想，封建社會的知識分子不可避免地在思想上都要多少受其牢籠，即嵇康、阮籍也不例外。陶淵明早年幾次出仕，正是儒家用世思想的體現，這在我國漢以後的封建社會裏是很自然的。他的作品顯示出的他的行爲的許多方面，如對於善的向往及對於惡的憎惡，對於親友的殷勤懇切，對於生活的熱愛，這一切入世的生活態度，都是與其儒家學術思想聯繫着的。

陶淵明生活的時代，已是正始以來玄風大扇之後，而且老莊之書也是文人所必涉獵的，加以如前節所曾談到的，他的家庭習染所形成的他對於放曠自適的趨向，因此，在他早年時，道家思想也與儒家思想同時存在着，這在他的早年幾首行役詩中都可看到，如云：「商歌非吾事，依依在耦耕，投冠旋舊墟，不爲好爵縈，養真衡門下，庶以善自名。」（《辛丑歲七月赴假還江陵夜行涂口》）

由於社會經驗的累積，他對現實的認識加深，於是他的基於儒家的善善惡惡的意識，和基於道家的崇尚自然的意識，同時更加發展並且相互作用，他最後乃決然和他所不滿的現實決裂而歸到田園。

但是，他歸到田園，祇是與他所不滿的現實斷絶了某些方面的接觸，他仍須繼續生活在其所不滿的現實社會中。爲了對待人生和現實一切，這時道家思想的各個方面對他是最有用了。於是他以道家的順應自然來看待人生，如他在《歸去來辭》及《形影神》詩末端所表示的。至於世俗的是非、榮辱、物我、生死之見，他都以道家的齊物思想一概加以泯合，這些在其《飲酒》和《挽詩》中都有較集中的表現。他在歌詠農耕的詩中，常常提到沮溺和荷篠丈人，也表明他的躬耕也有道家思想的作用，即他也是以躬耕作爲逃避現實的一種手段的。「四體誠乃疲，庶無異患幹。」（《庚戌歲九月中於西田獲早稻》）許多這類的詩句都很顯明地道出了這點。

他歸到田園後，心情上雖然有時很閒適自得，但也有時想到自己生平的志氣，或看到所不滿的現實中的某些現象，內心仍不免劇烈激動的。這在他的《雜詩》和《詠貧士》中可明徹見到。而他在歌詠「刑天」和「荆軻」中所表現的那種「金剛怒目」式的激情，也顯示了他在儒道思想之外，尚具有氣幹虹霓的豪俠壯概，也表明了他歸田園後的思想情況仍是復雜的。他後期的生活儘管備歷艱困，但他一直堅持下去，常以固窮自勉，也可看出儒家立身行己的嚴正精神，這時對他仍是起着重要作用的。

如上所述，可見在陶淵明的復雜思想中，經常起作用的是儒家和道家兩個方面。這兩個方面作用的起伏和程度的高下，乃由其現實生活所決定並支配着他的人生態度。他雖然始終服膺儒家之道，但他從不提到當時統治者揭示的虛僞的儒家名教禮制，並不以儒學爲利禄之具，而在《讀史述》中，對拒絶以儒學投機的魯二儒加以讚揚。他的道家思想，雖是繼承着正始以來以道家精神否定現實的傳統，但他却没有嵇、阮等人企求神仙長生的不切實的想法，他祇是運用莊子順應自然的宇宙觀來看待人生，如在《神釋》中說：「甚念傷吾生，正宜委運去，縱浪大化中，不喜亦不懼，應盡便須盡，無復獨多慮。」這種看待人生的態度，是既高曠而又切合實際的。雖然他有時並不能完全忘懷於死生，而在《影答形》中假託於影之口說「身没名亦盡，念之五情熱」。可見其順應自然還是一種無可奈何的想法，但這種想法仍是高出於營營惜生之輩的。再一方面，基於對現實的不滿，他並不似阮籍在《大人先生傳》中所揭示的，僅是對於朦朧的太古淳樸之世的嚮往；他更有其鮮明具體的社會理想。這種理想，便是他在《桃花源詩並記》中所描寫的。在這篇作品中所描寫的社會，雖有如以前道家所形容的太古淳樸風尚，但其中所描寫的生產情況和人

與人之間的關係，都是屬於後世的，進步的，而不同於太古時那樣混噩自然的。因此，陶淵明的理想社會，並未停留在其過去道家所描繪的那種原始階段，而是依據社會發展的情況加以發展了的。這篇作品之所以極爲後世讀者所愛好，即因其所描寫的社會，乃其進步的具有創造性的理想的體現，而不是過去道家理想社會的翻版。當然，他的這種社會理想，很顯然地是從《老子》的「小國寡民」的描述中啓發出的。

在陶淵明的思想中，雖是同時存在着儒家和道家的兩個方面，但二者不僅是不矛盾而倒是互爲助益的。如其《雜詩》說：「人生無根蒂，飄如陌上塵，分散逐風轉，此已非常身。」人生是如此偶然，這完全是道家對人生的看法。接着本之《論語》「四海之内，皆兄弟也」的儒家博愛思想而說：「落地爲兄弟，何必骨肉親。」在他看來，人生既是偶然無常，又何必狹隘固執，因此對人人都可當作兄弟看待。本來把人生看得非常飄忽的道家思想，却被他這樣和諧地運用來作爲處理人與人關係的指導思想。通過這一例子可以看出，在陶淵明的思想中，儒道二家是如何融合無間而且相得益彰。由此類推觀察他的整個人生，都是這兩種思想交互作用地支配着的。他以儒家嚴正的生活態度來處理自己並反抗現實，他也以道家泯絶一切事物相對界限的哲理來否定現實並安頓自己，因此，他的人生態度既現實又不偪促，他的胸襟既高曠又切合實際。也就因此，使他的思想和行爲獲得和諧的統一。他之能堅持隱居而不與黑暗的現實妥協，即是他的思想和行爲和諧一致的具體體現。

第二節 陶淵明詩歌的卓越成就

一 現實生活態度的表白

陶淵明的詩歌，是他的全部生活和對現實態度的真實反映，也是他的複雜的精神世界的具體體現。當然，他從處理自己的生活中，同時也就表示了對待現實的態度。

陶淵明棄官歸田，在其一生的生活及對現實的態度上是具有重要意義的。他之出仕，如其《飲酒》中所説「疇昔苦長饑，投耒去學仕」，是爲了免受飢餓。他在《歸去來辭序》中也表白説：「嘗從人事，皆口腹自役。」其實這還衹是部分的理由，也是他爲人平實自謙的表現。試看他的《雜詩》所説：「憶我少壯時，無樂自欣豫，猛志逸四海，騫翮思遠翥。」從對於少年志氣的追述中，可見其早年曾懷有用世之志，也足以證明其出仕的初衷，並非純爲口腹，還有一定的事業目的的。他在仕途生活中，心情上經常産生着矛盾，這在其爲數不多的幾首行役（因公出差）的詩中，都有明顯的表示，所以他終於辭去官職而歸到田園。他在行役中思念田園而終於歸去的原因，雖在那些詩中未甚明顯地表白出來，但從他後來隨時觸發的感慨中可以看到。如他在《飲酒》詩中，慨

嘆張長公、楊仲理因與世不合而歸去，即以與之一致的態度表示說：「一往便當已，何爲復狐疑！去去當奚道，世俗久相欺。」他在《擬古》詩中還說：「多謝諸少年，相知不忠厚，意氣傾人命，離隔復何有！」又說：「不怨道里長，但畏人我欺。」這樣對於當時世俗的深切體會和憎惡，顯然是從他自己的人生經歷中總結出來的，這就是他所以決然避而去之的原因所在。因此，他之辭官歸去而避開其所憎惡的污濁世俗，即顯示了他對於當時現實的深切批判。而他的生平志氣之由入世而至於逃避現實，也就客觀地揭示了當時現實的黑暗。

陶淵明歸到田園後的生活情況，在其詩中有較充分的反映。他的許多詩篇，描寫了他親身參加農業生產的活動和感受以及生活景況。儘管他親歷了農業勞動的辛勤，並飽嘗了生活的艱困，但他却能「竟抱固窮節」而毫不動搖：

> 清晨聞叩門，倒裳往自開。問子爲誰歟？田父有好懷。壺觴遠見候，疑我與時乖：「藍縷茅檐下，未足爲高棲；一世皆尚同，願君汨其泥？」「深感父老言，稟氣寡所諧，紆轡誠可學，違己詎非迷！且共歡此飲，吾駕不可回。」（《飲酒》其九）

在這首詩裏所展示的詩人的形象性格中，我們除了感到詩人如何純樸可親，更重要的是通過他對田父斬截的回答，感到他固窮的意志多麼堅決！他與屈原的處境雖不同，但他們反抗惡勢力而不與之合作，雖備歷困厄而毫不改變初衷，其態度之純正堅決則完全是一致的。這種死守善道而堅貞不屈的精神，正是我國知識分子高尚品質的體現，其對於後世文人是有一定的教育意義的。而田父勸詩人所說的「一世皆尚同，願君汨其泥」也正好表明了當時現實的黑暗，及詩人所以深閉固拒的理由所在。

在歸田後的二十多年生活中，他一方面欣悦於自己自由的農村生活，同時也飽嘗了生活的勞苦艱辛，而當時政治的變化也不能使他無動於衷。因此，他的生活情緒還是複雜多樣的，這一切都在他的詩中有着鮮明的反映。

在陶淵明的詩中，我們可充分感到他對於田園生活的喜悦，如其在《歸園田居》第一首中所寫的：

> 少無適俗韻，性本愛丘山，誤落塵網中，一去十三年。羈鳥戀舊林，池魚思故淵，開荒南野際，守拙歸園田。方宅十餘畝，草屋八九間，榆柳蔭後檐，桃李羅堂前。曖曖遠人村，依依墟里煙，狗吠深巷中，鷄鳴桑樹巔。户庭無塵雜，虚室有餘閑，久在樊籠裏，復得返自然。

他在對於自己家宅遠近景物的新鮮感覺中，充滿了剛回到田園的慰適心情。他的住宅以及遠近各種景物，都已是他生平習以爲常了的，爲什麽感到這樣新鮮？正如一個人重獲其所失去的心愛

之物一樣，這時不由得不從頭一一點説一遍，以發洩其不可遏抑的激情。詩人在這裏不憚其煩地敘寫其住宅遠近景物，正是剛從塵網中脱身回到自由境地的一種典型的心情。「久在樊籠裏，復得返自然。」詩人這時在精神上感到多麽滿足啊！在《歸園田居》的前三首中，還表現了他所感到的農村生活的安閒，及對於農事勞動的興趣，這類生活感情，在他的其他許多詩篇中隨處可以見到。於此必須明白，他的這類感情，也是從與當時現實對立的態度中產生的，如在他的這些詩句中：「户庭無塵雜，虚室有餘閑」、「相見無雜言，但道桑麻長」、「衣沾不足惜，但使願無違」、「四體誠乃疲，庶無異患幹」。這種態度極爲顯然，詩人的愛好都是襯映着他的憎惡顯示出來的。另外，在他的許多描寫與親友交往的詩篇中，所表現的懇摯真率的人生情味，也是與當時澆薄的世俗風習迥然異趣的。

在陶淵明的許多詩篇中，我們也看到他對於生活貧困的描寫。對於那樣貧困的生活，他雖然以其固窮的意志堅持至終，但他的内心並不是無所慨然的。他在《詠貧士》中歷舉古代許多高尚的貧士加以讚頌，即在抒遣自己貧困的懷抱。他在其第二首即這樣坦率地表明：「閒居非陳厄，竊有慍見言，何以慰吾懷？賴古多此賢。」又在第三首説：「重華去我久，貧士世相尋。」明確地揭示出他對於自己貧困的看法，即是由於邦無道才貧且賤的。所以整個《詠貧士》詩的意義，乃是抒發其心中懷藏的孤貧之憤，也是對於當時黑暗現實的否定。

此外，我們還可看到他在詩中表現出的複雜多種的感慨：

白日淪西阿，素月出東嶺，遥遥萬里輝，盪蕩空中景。風來入房户，夜中枕蓆冷，氣變悟時易，不眠知夜永。欲言無予和，揮杯勸孤影。日月擲人去，有志不獲騁，念此懷悲凄，終曉不能靜。（《雜詩》其二）

憶我少壯時，無樂自欣豫，猛誌逸四海，騫翮思遠翥。荏苒歲月頹，此心稍已去，值歡無復娱，每每多憂慮。氣力漸衰損，轉覺日不如，壑舟無須臾，引我不得住。前涂當幾許，未知止泊處，古人惜寸陰，念此使人懼。（《雜詩》其五）

這二首詩都明白揭示了詩人蕴藏内心的激動情緒。以「採菊東籬下，悠然見南山」的詩人，對自己的「有志不獲騁」却這樣感到難過，以致「終曉不能靜」；以「縱浪大化中」的曠士，却對「日月擲人去」如此深致悲凄。由此可見詩人到底未能真個忘懷現實，他也不是生來要作隱士，而確是出於萬不得已的。前首的感慨從時節的變易引起，而以一片風月清美的良宵，構成一幅足以發人深省的詩的境界，使人從而宛見一個棖觸萬端、孤寂無奈的詩人形象。後篇以今昔志氣盛衰的對比，以見自己生平的志氣所在。在他對於自己氣力衰損的慨嘆中，使人感到他有無限難言之隱，

並對其現狀是心懷不甘的。這些追懷生平而憬然於日月虛擲無所成就的感慨中，便深含有對於黑暗現實的怨憤。基於同樣心情，他在《讀山海經》的「精衛銜微木」一首中，讚頌精衛和刑天之形化而心志不變，最後説「徒設在昔心，良晨詎可待」，也就是慨惋它們「有志不獲騁」之意。他之歌詠荆軻及向往田子泰（見《擬古》），這種蓄藏於心胸的慷慨之氣，都是有所激而發的。

植根於對現實社會的不滿，他更積極地提出理想的社會要求，他的《桃花源詩》中所描繪的那種社會，在過去多麼令人向往！在那裏面，一切現象都是很自然的，没有人爲的制度。「春蠶收長絲，秋熟靡王税。」即是針對着封建社會的剥削制度而提出的。「怡然有餘樂，於何勞智慧。」也相反地表明詩人對於人世機巧的厭惡。他最後表示對於這個理想社會的向往，正體現了他希圖變革所不滿的現實的理想要求。

如上所述，可見陶淵明在其詩中所反映的他的全部生活和其整個生活感情，無論其表現的狀態怎樣，都是與其所生活的現實密切相連的。他從各方面的生活和感情上，表示了他對所不滿的黑暗現實的批判和反抗，而與之毫不妥協，使讀者從而充分感到他的個性之堅强及人格之高尚，對後世士人不屈服於邪惡勢力有一定的激勵作用。而當時現實社會的黑暗腐朽，也在其作品中獲得某些曲折的反映。尤其在當時文學創作的風尚下，一般着重追求形式的美，而缺乏真實的生

活内容，而陶淵明却以其詩篇充分地表達其生活實感，給讀者顯示出一個完整的詩人精神面貌，就是這種現實主義的創作態度，使他的詩篇在中古時期閃耀出清美的光輝。這一切方面，都體現了他的詩歌所具有的現實意義。

陶淵明的詩歌，既是他的全部生活和感情的真實反映，在創作方法上大體是屬於現實主義的，但其中也映發着濃厚的浪漫主義色調。他雖然逃避到田園，但他並未能忘懷於現實，而且仍是生活於其所不滿的現實社會中，可是他又不肯屈服於現實，因此，他的心情經常處於矛盾狀態中。爲了消除内心的矛盾，祇有在精神上找尋出路。所以他有時針對其所不滿的現實提出理想的要求和願望，如《桃花源詩》、《詠荆軻》、《讀山海經》中的「誇父誕宏志」及「精衛銜微木」以及《擬古》九首中的「辭家夙嚴駕」等作品中所表現的。這類作品，確實表現了詩人對美好事物和理想的向往及同情，都是具有積極意義的。但那些理想和願望終是不可能達到的空想，於是詩人在更多的情況下祇是從消極方面尋求對人生的解釋，因此寫出了《形影神》、《飲酒》和《挽詩》等類的作品。這類作品中所寓含的思想，對詩人反抗現實雖曾發生一定的作用，但終祇是被用來使自己消極地安於現實，而對於讀者的作用更祇是限於這一方面，因此，他的詩歌所具有的浪漫主義精神，是同時存在着積極的和消極的兩個方面的。

二　別開生面的農事歌詠

陶淵明在其詩歌創作中，發出大量的對於農事的歌詠，爲我國的詩歌藝術寶庫增添了一種罕見的珍品，也爲我國古代的詩歌創作別開了一個生面。

在作爲周代詩歌總集的《詩經》中，有過許多關於農事的敍述描寫。如《豳風・七月》《大雅》的《甫田》和《大田》以及《周頌・良耜》等，是其較著名的。以後經過很長時期，再難見到關於這方面的歌詠，這大概是因爲農業在周初開始受到重視，故在這時的詩歌中得到較多的反映，以後習以爲常，便很少被作爲創作題材了。陶淵明之能把農事生活形爲歌詠，是有着多種的原因的。作爲封建地主階級的文人，首先是與作爲農業生產資料的土地有着不可分的關係的。他由於痛惡當時政治的腐敗黑暗，並感到置身其中的危險，便決意歸隱田園。但由於他的土地不多，爲了生活，他不得不參加部分農業生產勞動，因而對農業勞動的意義有一定的認識，對農村生活有較深的愛好，於是有關這方面的敍寫，就自然地成了他抒情詩中的部分重要內容了。

陶淵明親身參加農業勞動的生活經歷和思想感情，在他的詩中有着較全面的反映：

種豆南山下，草盛豆苗稀。晨興理荒穢，帶月荷鋤歸。道狹草木長，夕露沾我衣。衣沾不足惜，但使願無違。（《歸園田居五首》之三）

人生歸有道，衣食固其端，孰是都不營，而以求自安。開春理常業，歲功聊可觀。晨出肆微勤，日入負耒還，山中饒霜露，風氣亦先寒。田家豈不苦，弗獲辭此難，四體誠乃疲，庶無異患干。盥濯息檐下，斗酒散襟顏，遥遥沮溺心，千載乃相關。但願常如此，躬耕非所嘆。（《庚戌歲九月中於西田獲早稻》）

這兩首所寫的都是詩人親身參加農業生產勞動的實際情況，他親自體驗到了終日田間勞動的辛勤，也認識到人生的首要問題是衣食，所以不能不幹這活，因此感到心安理得。「盥濯息檐下，斗酒散襟顏。」勞動後的愉快情狀，顯得非常自然。他還説：「秉耒歡時務，解顏勸農人，平疇交遠風，良苗亦懷新。」（《癸卯歲始春懷古田舍二首》之二）他對農務這樣喜歡，自己拿着工具出發時，還要鼓勵農民努力生產，尤其當在廣闊田野看到農作物欣欣向榮時，把自己內心的喜悦和農作物充沛的生機融成一片，深刻地反映了作爲農事勞動者的特有心情。又如「時復墟曲中，披草共來往，相見無雜言，但道桑麻長」（《歸園田居五首》之二）。在日常一般生活中，處處表現了對農事的關懷，可見他在農村中生活的融洽，似乎農業生產支配了他的整個精神世界，而農村生活中那種淳樸氣氛也反映得非常真切。

他由於在人生中途纔從事農業勞動，生產的能力和經驗當然很缺乏，因而效果不太好，以致

生活並不豐足，常是遭遇着很大困難，如他在《雜詩》第八首中所寫的：

> 代耕本非望，所業在田桑。躬耕未曾替，寒餒常糟糠。豈期過滿腹，但願飽粳糧；御冬足大布，粗絺以應陽。正爾不能得，哀哉亦可傷！人皆盡獲宜，拙生失其方。理也可奈何，且爲陶一觴！

這類反映他生活困苦的詩句，在他的詩集中還相當多的，如云：「竟抱固窮節，飢寒飽所更。弊廬交悲風，荒草没前庭。」（《飲酒》二十首之十六）又云：「炎火屢焚如，螟蜮恣中田；風雨縱横至，收斂不盈廛。夏日長抱饑，寒夜無被眠；造夕思鷄鳴，及晨願烏遷。」（《怨詩楚調示龐主簿鄧治中》）他的生活困窘之狀，由此可以概見。他還有一首《乞食》詩，描寫他在生活困難時求得朋友救濟時的狀態和心理，可能不免誇張了些，但當是基本屬實的。顔延之的《陶徵士誄》説他「灌畦鬻蔬，爲佐魚菽之祭」，「居備勤儉，躬兼貧病」。蕭統的《陶淵明傳》也説他「躬耕自資，遂抱羸疾，江州刺史檀道濟往候之，偃卧瘠餒有日矣」。這些都可佐證他詩中所反映的親身參加農業勞動及生活的艱困都是可信的。儘管這樣，可是他却常在詩中表示説：「但願常如此，躬耕非所嘆」（《庚戌歲九月中於西田獲早稻》），「不言春作苦，常恐負所懷」（《丙辰歲八月中於下潠田舍獲》）。因此，他從四十一歲（四〇五）辭官歸家，直到六十三歲（四二七）逝世，在這二十餘年的時間裏，他是未曾脱離農業勞動生活的。

陶淵明所以這樣熱愛農業勞動生活，從他的詩中可以看到，是由於他對農業勞動的意義有一定的認識。首先他認識到這是關係着人生衣食的根本問題，他曾説：「人生歸有道，衣食固其端，孰是都不營，而以求自安。」他在《勸農》詩六首中，充分發揮了他對農事的看法，其中第五首即明徹指出了它的根本意義：

> 民生在勤，勤則不匱，宴安自逸，歲暮奚冀！儋石不儲，饑寒交至。顧爾儔列，能不懷愧！

他在《移居》詩的末尾也説：「衣食須當紀，力耕不吾欺。」這些對於農業勞動的看法，多麽純樸而切合實際啊！另外在他看來，從事農業勞動還有其特殊的意義，就是可以避開人世禍患。他在《庚戌歲九月中於西田獲早稻》詩中説：「田家豈不苦，弗獲辭此難，四體誠乃疲，庶無異患幹。」這裏所謂的「異患」，即是不測的殺身之禍。作爲封建社會的地主階級文人，即使是爲了生活，也必須走從政的道路，所謂「以禄代耕」。而當時統治階級内部的矛盾鬥爭非常尖鋭複雜，既走上政治道路，就很難免被卷進去。在他以前許多著名詩人如嵇康、陸機、潘岳、郭璞等都慘遭屠殺，即是嚴重的教訓。所以在陶淵明看來，從事農業勞動確是辛苦，倒是最安全的道路，即他也曾説過的：「所保詎乃淺。」（《癸卯始春懷古田舍二首》之一）當然，這個道理祇適用於封建文人，而

真正的農民，勞動也是難於保證生命安全的。

作爲一個農業勞動的親身參與者，以怡然愛好的心情，把農村生活如實地大量寫入詩中，這是陶淵明在我國詩歌史上的創舉。唐宋以後的許多詩人把田園生活作爲歌詠題材，應是從陶淵明發端的。陶之所以卓異於後來的所謂田園詩人，在於他描寫的是他親身的經歷，其中有些是屬於農民或至少是接近農民的生活感情，不似後來詩人如唐代的儲光羲和宋代的范成大，僅從旁觀立場來寫農村風光而欣賞「田家樂」。但陶詩還有很大的不足之處，他的筆端僅繞在他自己一身的周圍，未能展向廣大的農民。這時江南各地不斷爆發了農民起義，可以想見農民在荒淫腐朽的統治階級的殘酷壓榨下，生活是如何痛苦！儘管從陶淵明的困苦生活可以推想到廣大農民的情況，那是根本不可與直接的反映相比擬的。這一缺陷，經過唐代詩人們各依其時代社會情況及個人經歷予以彌補，這一封建社會的主要矛盾即農民和地主階級的矛盾，才得到較充分的多方面的反映。這一揭示農村中的階級壓迫的現實主義詩歌内容，雖在陶詩中未見踪影，但走向這方面的道路，却是以陶的這類詩歌作爲起點的。

三　融注深情的景物描寫

陶淵明詩歌卓越成就的又一方面，在於對自然景物的描寫。他以對農村生活喜愛的心情，寫下了許多優美的農村自然圖景，如：

曖曖遠人村，依依墟里煙。（《歸園田居五首》之一）

把視綫中從遠到近的農村人家景象，寫得如此親切，而「依依」二字在這裏極妙地形容着人家炊烟散走得非常緩慢的狀態，使人感到生活氣氛的寧靜安詳。王維的「渡頭餘落日，墟裏上孤煙」中《閒居贈裴秀才迪》的「墟裏」句，便是從陶詩的「依依」句化出。沈德潛評《歸園田居五首》説：「儲、王極力擬之，然終似微隔。厚處樸處，不能到也。」正精要地道出了王的「墟裏」句所以微遜陶的「依依」句之所在。又如：

藹藹堂前林，中夏貯清陰。（《和郭主簿二首》之一）

給人以夏日異常清美的陰涼之感。下句用一「貯」字自然地加强了上句「藹藹」的程度，使人儼如面對夏天裏一片濃密的樹林。由於夏日的强烈，便使人感到濃密的樹林，集中了人們需要的陰涼，這裏「貯」字即體現了人們這樣的心理。又如：

採菊東籬下，悠然見南山，山氣日夕佳，飛鳥相與還。（《飲酒二十首》之五）

這幅在南山襯映前的薄暮美景，是在詩人會心的感受中呈現眼前的。「悠然」在這裏有兩層意思：一是表明南山在一定的距離之外，有「遥遥」的意思；更重要的是在於表示詩人心情的曠遠。這

兩句前面的「心遠地自偏」的「心遠」即已表明，由於心遠纔能悠然閑曠地感受到眼前的一切。而「見」字曾經有人和「望」字加以精闢的辨析，「見」字之妙在於表示是南山自然地映入眼中，是詩人採菊時偶然抬頭的視綫觸及，也是心境悠然纔能得到的；如用「望」字，就是着意，意味也就索然，而且與「悠然」不相應了。這種敘寫景物的詩句裏，典型地體現着陶詩在這方面的藝術特點，就是在對自然景物的敘寫中，融化了詩人自己的主觀感情，如云「山氣日夕佳」，衹是説出了自己的感受，究竟是怎樣「佳」，都在詩人的意會中，但讀者可依詩中説出的其他方面，而以自己的生活經驗去想象地體會到。一千多年來，這幾句一直爲人們所賞愛，即可證明人們是能够領略到這個「佳」的所在的。再如下面許多詩句：

鳥哢歡新節，泠風送餘善，寒竹被荒蹊，地爲罕人遠。（《癸卯歲始春懷古田舍二首》之一）

狗吠深巷中，鷄鳴桑樹巔。（《歸園田居五首》之一）

孟夏草木長，繞屋樹扶疏，衆鳥欣有託，吾亦愛吾廬。……微雨從東來，好風與之俱。（《讀山海經十三首》之一）

在這些詩句裏，充滿着歡意的自然景物中，融合了詩人自己的暢適心情，禽鳥得意的歌唱，與詩人暢適的胸懷多麼和洽！而這些形象鮮明生動的自然物象，和人們的日常生活又多麼接近而易於

感受！又如：

平疇交遠風，良苗亦懷新。（《癸卯歲始春懷古田舍二首》之二）

仲春遘時雨，始雷發東隅，衆蟄各潛駭，草木縱横舒。（《擬古九首》之三）

這些充滿生意的自然物象，多麼活潑而富於生命力和希望，也飽含着詩人「羨萬物之得時」的喜悦心情。而在詩人筆下呈現的另一種景象，如下録諸句：

涼風起將夕，夜景湛虚明，昭昭天宇闊，皛皛川上平。（《辛丑歲七月赴假還江陵夜行塗口》）

清氣澄餘滓，杳然天界高。（《己酉歲九月九日》）

露凄暄風息，氣澈天象明。（《九日閑居》）

在這些空闊湛明的氣象和境界中，也體現了詩人自己高曠清虚的心胸。還有如：

和澤周三春，清涼素秋節，露凝無游氛，天高肅景澈。陵岑聳逸峯，遥瞻皆奇絶。芳菊開林耀，青鬆冠巖列，懷此貞秀姿，卓爲霜下傑。（《和郭主簿》其二）

對於這種肅然一片清奇的自然景物的讚賞，也是詩人棄絶流俗的卓越的精神境界之自然流露。

如上所述，在描寫自然景物方面，陶淵明表現着與當時一般詩人不同的藝術特色。首先他不像當時作者那樣極力追求形似，着重於客觀的摹繪，而是在對自然景物的敘寫中，融注着自己的

生活感情，使景物圖畫上塗上自己的主觀情調，這就賦予了詩中呈現的自然景物以高遠的藝術境界。其次由於他敍寫自然景物不是着意於形貌的刻劃，而是隨意於神貌的點染，因而他詩中的畫面不現雕琢痕跡，而具有曠遠的精神；加以詩人語言風格的樸素自然，整個構成渾然淡遠的藝術風貌。陶淵明的這種在當時迥異的藝術成就，給予唐代許多詩人的影響很大。唐代一些著名的描寫自然景物的詩人如王維、孟浩然、韋應物、柳宗元等，儘管他們的藝術面貌各有不同，但在所描繪的自然景物圖畫中寄寓各自的生活情趣這一點上，都是和陶淵明一致的。

四　遺世獨立的藝術風貌

就詩歌的藝術風貌言，陶淵明的作品，在我國中古詩壇上，可說是獨耀清輝的。一個作者的創作風貌，是其作品的內容和形式的完整體現，而這首先取決於其所表達的內容，再則是作者適應其內容所采取的表現形式。

我們讀陶淵明的詩，首先感到非常親切，就由於作爲他的詩歌內容的都是人生現實的日常生活事物及感情，而他以真率的態度及適合其生活感情色調的語言，將其恰當地表現出來。尤其重要的，他在對日常生活事物的敍寫中，自然地流露其曠達的胸懷和情調，展示出他的高遠的精神世界。因此，他的詩中表達的情意，能使人既易接受，又覺意味豐厚。在他的詩中，沒有華麗或艱澀的詞句，所有的語言都非常自然而平易近人。如：

> 時復墟曲中，披草共來往，相見無雜言，但道桑麻長。（《歸園田居五首》之二）
>
> 春秋多佳日，登高賦新詩，過門更相呼，有酒斟酌之。農務各自歸，閒暇輒相思，相思則披衣，言笑無厭時。（《移居二首》之二）

以平常不加雕飾的語言，描繪出農村中淳樸真率的生活情態。這類詩句，在他的詩集中隨處都是，如《乞食》詩開始說：「饑來驅我去，不知竟何之，行行至斯裏，叩門拙言辭。」令人極明徹地可以想見他出門時的躊躇之狀，及對人有求時難於開口的神情。又如《示周續之祖企謝景夷三郎》說：「負痾頹檐下，終日無一欣，藥石有時閑，念我意中人。」情致多麼深永！由上諸例，可見其平易近人的語言中，所包含的感情是非常深厚而耐人尋味的，這就是蘇軾所說「癯而實腴」的。鍾嶸曾稱道陶詩：「文體省淨，殆無長語，篤意高古，辭興婉愜。」所謂「辭興婉愜」，正是指其語言風格與生活情調之和諧一致。而「文體省淨」也是陶詩語言藝術的一個特點，如說：「白日掩荆扉，虛室絕塵想。」以極省淨的語言表現出多麼閒靜的情境。又《擬古》說「日暮天無雲」，這種造語簡直與其所寫的自然景象同樣明淨而毫無渣滓，即可以此形容其詩的明淨風格。在這類句子裏，真是如鍾嶸所說「殆無長語」了。

陶淵明對大自然景物卓越的藝術描寫，如前所已談到的，其形象之鮮明真切，與張協、謝靈運同等精妙，但在色調上不似謝靈運之跡象濃麗，而別具渾樸素淡之美，這點與張協大致類似，而又較張協爲自然，不似其顯現工巧的痕跡。

在對自然景物的描寫中，陶在張、謝之外又有其特殊的内容及藝術風貌，乃是對於農村景物的描寫，也如前所已論到的，在那些自然景物中，都融注着詩人無限喜悦的主觀感情，它們都在人境之内，與人的生活融成一片，詩人的性格和感情也是借助於那些自然景物襯映出來的。通過這些農村自然景物的畫面，及詩人自己在其中活動的描寫，整個構成詩人作品中所特有的田園風趣。

陶淵明詩作之善於描繪農村生活景物及其語言之樸素明淨，都是與其生活及情趣密切相關的。我們試讀他的《閑情賦》，即可明白他並不是没有綺麗的才華，他之採用樸素明淨的語言，乃是爲了使他質實的生活和淡遠的情趣獲得適宜的表現。而這種樸素明淨的語言風格本身，也就是詩人淡遠情趣的自然體現。他的語言之明淨也是構成他的語言之樸素的因素，因能明淨則簡而不繁。但歸根結蒂，乃是由於他對生活感受的深刻真實，因此，他纔能從生活的特徵上精要地反映出生活的面貌，而以與其情調相適合的語言恰當地表達出來，故使人感到既真實而又自然，語雖平易而意至深長。更須着重指出的，陶淵明所處的時代，正是文學形式美的傾向進一步發展的時候，當時作者都着意追求形式的美，舉世推重的顔延年、謝靈運的創作，即足代表這種傾向。而陶淵明却能不爲那種氛霧所籠罩，卓然標立樸素淡遠的風格，尤爲難能可貴。而這種卓越的詩的風格，與其超乎流俗的情調是有機地聯繫着的。

陶淵明的詩風對於後世影響之巨大，在中古詩人中是無可與之比擬的。

從文學的教育意義言，陶淵明從其詩篇中顯示出的他的精神面貌，對後世文人有相當强的感染作用。由於他的詩篇的藝術力量，使後世許多讀者對其産生衷心的崇敬和向往，同時對自己所不滿的黑暗社會深致憎惡。早在其後不久的梁代，蕭統在其《陶淵明集序》中即指出這一意義：「嘗謂有能觀淵明之文者，馳競之情遣，鄙吝之意祛，貪夫可以廉，懦夫可以立，豈止仁義可蹈，抑乃爵禄可辭，不必旁游太華，遠求柱史，此亦有助於風教也。」後世評論者，很多都曾不斷地在這點上備加闡揚。

從詩歌創作言，他以其藝術地描寫農村生活的優美詩篇，在詩歌領域中揭示出一種鮮美的創作典範，建立起以田園生活爲描寫對象的優秀傳統。唐代詩人王維、孟浩然、儲光羲、韋應物、柳宗元等，都是他的這一傳統的直接繼承者。他們每人依其個性及生活條件，對陶詩各有所得。清

人沈德潛在其《説詩晬語》中即曾指出這點説：「陶詩胸次浩然，其中有一段淵深樸茂不可到處。唐人祖述者，王右丞有其清腴，孟山人有其閑遠，儲太祝有其樸實，韋左司有其冲和，柳儀曹有其峻潔，皆學焉而得其性之所近。」就是在李白的詩中，也可感觸到陶的影子，如其《月下獨酌四首》之「花間一壺酒」一首，簡直是陶詩的風貌。白居易在退居渭上時曾作《效陶潛體詩十六首》。辛棄疾在投閒置散時即常在詞中以淵明自況。而蘇軾晚年在其政敵的沉重打擊下謫居海南島時，由於對陶詩感受之深，甚至於把陶詩絶大部分按原韻和作了。從上面約略舉出的幾樁，即足以見其對後代詩人影響之大了。

但是，我們必須注意，在陶淵明身上，還嚴重地存在着時代的和階級的局限性，因而使其詩歌的思想内容有着消極不健康的一面。他雖不滿於當時黑暗的現實，竟毅然與之決裂而歸到田園，但他内心的矛盾依然存在，有時甚至激揚起來。因爲黑暗的現實，仍在他面前客觀地存在着，他不可能逃避開。儘管他不滿當時統治階級統治下的黑暗現實，但他仍是地主階級的一員，與統治階級有着千絲萬縷不可分割的聯繫，況且在當時歷史條件下，他不可能在背叛本階級的前提下，找到變革現實的道路。在這種情況下，他祇有藉道家的委順隨化思想暫時求得精神的解脱。這種委順隨化思想被用作開脱精神的藥方，祇是一種無可奈何之計，對現實毫無積極的但有消極的作用，充其量祇能作到獨善其身，不與統治階級同流合污。這種僅能麻醉一下自己而無益於現實的藥方，是我國封建社會的知識分子在黑暗現實面前感到無力而慣於採用的，就是曾經一度顯示異常强烈的戰鬥精神的偉大現實主義詩人白居易也未能避免。這正是他們爲時代及階級所局限的結果。

第四章　南朝初期詩壇的新貌

第一節　耳目一新的劉宋詩壇

宋武帝劉裕於四二〇年奪取東晉政權而建立劉宋王朝。從四三九年（宋文帝元嘉十六年）起，北魏太武帝拓跋燾統一北中國，建立少數民族在北中國的統一政權，與偏安江南的漢族政權對峙着。這種南北對峙的局面，直到五八九年（隋文帝開皇九年）隋滅陳時纔告結束，這就是我國歷史上的南北朝時代。

由於永嘉之亂後具有高度文化的漢族士大夫和人民大量南移，以及侵入中原的少數民族對漢族人民的殘酷屠殺及對生産的嚴重破壞，在整整一個半世紀的南北朝時代，南朝一直是當時中國的經濟和文化的重心，歷史悠久的文化傳統，這時仍繼續在江南延展着。所以，在這一時期，顯示着整個中國詩歌發展趨勢的，乃是南朝詩人的創作。

在南朝初期的劉宋時代，是我國詩歌發展的又一個重要階段。這時詩歌的内容和形式，都向新的方面有所開拓，呈現出一番新的氣象，把東晉以來衰頽的風氣重新振作起來，並向前有所發展。

這時詩歌面貌的一個顯著的特異之點，乃是自然界的山水景物大量進入詩篇，使人爲之耳目一新。作爲自然界客觀存在的方面的山和水，是人們生活中必然要接觸到的。前曾談到的曹操的《觀滄海》，在主要是描寫海水的同時，也寫到海中的山林。後來晉初陸機的《赴洛道中作》和左思的《招隱詩》，也都寫到山林泉石的清美聲貌。直到晉宋之際，被稱爲「大變太元之氣」（《宋書·謝靈運傳論》）的謝混，在其《遊西池》中曾有這樣清美的好句：

惠風蕩繁囿，白雲屯曾阿。景昃鳴禽集，水木湛清華。

這些間或閃現在詩人作品中的山水踪影，都不過是偶然瞥見到的一點點。衹有在謝靈運的詩集中，纔看到大量的山水狀貌。這類大量呈現山水狀貌的作品，占他現存作品的極大部分。他這樣把筆力集中於山水，以其作爲描寫的主要對象，使他的詩篇表現出獨創的特色，不僅使當時的詩壇面貌一新，而且在我國的詩歌史上，也是獨開生面，産生着重大影響的。和謝靈運同時的湯惠休説「謝詩如芙蓉出水」（鍾嶸《詩品》評顔延之條），意思是形容謝詩的自然鮮美。當玄言詩長期統治東晉詩壇，一般詩作令人感覺「淡乎寡味」的時候，而幽秀的山水狀貌在詩中大量湧現出來，確使讀者感到非常新鮮。尤其是他以光輝的山水範本，啓示了後代詩人，開闢了新的詩歌領域，使陳列在廣大自然界裏的山山水水，成爲後來詩人取用不盡的素材，各以其特殊的姿貌在無數詩人的創造下展現出來，極大地豐富了我國的藝術寶庫，這一創始之功是應充分給以肯定的。

比謝靈運年歲稍晚的鮑照，他的一篇有名的《登大雷岸與妹書》，可說是具有首創性的內容豐富的描寫山水的記敍文。在他的詩歌中，如《登廬山二首》、《登香爐峯》、《從庾中郎遊園山石室》等篇，都很詳盡具體地描寫了奇險的山澗巖壑的狀貌，也滌除了謝靈運詩中殘存的玄言渣滓，山水形象比較完整。其中如「千巖盛阻積，萬壑勢迴縈」、「洞澗窺地脈，聳樹隱天經，松磴上迷密，雲壑下縱横」、「岡澗紛縈抱，林障沓重密，昏昏磴路深，活活梁水疾」，都使人感到儼如面臨高深叢密的山林澗壑。後來杜甫的自秦州入蜀道中諸篇，如《鐵堂峽》、《青陽峽》、《龍門閣》等篇，在寫法上及所呈現的山水風貌，都和鮑照的上舉諸作頗爲近似的。

鮑照繼謝靈運之後，使劉宋詩壇更爲壯觀。鮑照的卓越貢獻，一方面在於賦予其詩歌以較廣闊深刻的社會內容，使從建安經歷阮籍、左思以來久已消沉的現實主義精神，重新發出强烈的光輝。另一方面，鮑照在學習民歌的基礎上，把在建安時期僅僅萌芽的七言體詩，從內容到形式加以創造發展，開創了七言體詩發展的新局面。

就鮑照詩的社會意義言，他以自己親身的經歷和遭遇，强有力地表達了寒士被壓抑的義憤，控訴了高門世族壟斷政權的不合理制度。建立宋王朝的劉裕雖是起自平民，但他仍不能不把政權建立在高門大族的社會基礎上。當時朝廷大臣，除了少數是他從京口起事時的得力助手如劉穆之、徐羨之出身寒微，其餘仍都是東晉以來的世族。如無特殊的關係或遭遇，一般孤貧之士的進身是很難的，如《宋書·江智淵傳》所載：智淵「元嘉末除尚書庫部郎。時高流官序不爲臺郎，智淵門孤援寡，獨有此選，意甚不悅，固辭不肯拜」。即此已可見一斑。而鮑照在《宋書》中竟未列傳，他的生平僅附見於臨川王義慶傳中，也很簡略。鍾嶸也曾「嗟其才秀人微，故取湮當代」（《詩品》卷中）。而劉勰的《文心雕龍》中更不見鮑照的名字。《時序》篇曾歷舉從宋代顔謝以至齊梁的沈約、何遜等人，好像根本沒有鮑照這個人似的。由此可以推想到鮑照的親身遭遇了。鮑照當時也曾表白自己是「負鍤下農，執羈末皂」（《謝秣陵令表》）、「北州衰淪，身地孤賤」（《拜侍郎上疏》）。因此，作爲抒情手段的詩歌，使他生平蓄積的滿腔複雜的不平情緒，得以放肆地宣洩。在他的詩歌中，無論是詩人的直接自我抒情，或者是借詩篇的主人公之口，傾吐的無非是各種被壓抑在社會底層人物的心聲。那些各種不平的心聲，通過詩人豐富的藝術方法及精當語言表達出來，産生了非常强烈的感人力量，有力地控訴了魏晉以來一直推行的封建門閥制度，具有較强的現實意義，標誌着這一時期現實主義詩歌的高度成就。

至於七言體詩，自從建安時期曹丕寫下了二首《燕歌行》後，繼續見到的七言詩，衹有陸機的《燕歌行》一首，和民歌中的《並州歌》、《隴上歌》及三首《白紵舞歌》，都是句句用韻，還未脱離這

一詩體的原始狀態。只有鮑照的《行路難》十八首出現，才展開七言詩發展的新局面。他在這些詩篇裏，恣意地抒發了他的人生實感，揭露了社會種種不平現象，把詩歌內容伸展到社會的各個方面，而詩的氣勢雄健奔放，章法、句式、韻律也變化多端，起到震撼讀者心弦，使人發皇耳目的藝術效果，顯示出這一體式的巨大藝術作用。鮑照的這一創新，在當時曾引起許多堅持正統保守觀念的人的不滿。蕭子顯的《南齊書·文學傳論》說：「發唱驚挺，操調險急，雕藻淫艷，傾炫心魂，亦由五色之有紅紫，八音之有鄭衛，斯鮑照之遺烈也。」這些對他的誹謗輕蔑，正好說明了他的創作的藝術特色和動人效果。崇尚五言詩的鍾嶸也攻擊他「險俗」，這「險俗」二字雖是對鮑照五言詩的批評，也概括綜合了他對鮑詩從內容到形式的看法，即是鮑照運用了從民歌學習而加以創造的新形式，抒發了對人生和社會的不平之感，這些正是鮑詩的卓越可貴的成就所在。鮑照的這些成就，對李白的影響很大，李白的《行路難》三首，整個藝術風貌，和鮑照的原作有着密切的淵源關係。就是李白的其他七言歌行，也都承受了鮑照影響的。杜甫曾以「俊逸鮑參軍」評價李白，正是從這些方面着眼的。

如上所述，當南朝初期的劉宋時代，詩歌的創作精神和反映內容以及藝術形式各方面，都有新的發展，在整個詩歌發展進程中向前邁出了重要的一步，留下了深刻鮮明的痕跡。而作爲這時代表作家的「鮑謝」，後來成爲唐代詩人心目中的光輝榜樣。

就是這時詩壇上的一般情況，也是令人感到可喜的。劉宋統治者不似晉司馬氏那樣鄙陋無文，劉裕雖是崛起武夫，晚年也「頗慕風流」（《宋書·鄭鮮之傳》）。宋文帝劉義隆在文學上的貢獻就很大，他很愛好文學，現存的《登景陽樓》及《北伐》兩詩，也還可觀。其《北伐》一首尤其值得一提：

> 季文鑒禍先，辛生識機始，崇替非無征，興廢要有以。自昔淪中畿，倏焉盈百祀，不睹南雲陰，但見胡塵起。亂極治方形，塗泰由積否，方欲除遺氛，矧乃穢邊鄙。眷言悼斯民，納隍良在己，逝將振宏綱，一麾同文軌。

自從永嘉之亂以後，祇有劉琨據其親身的遭歷，留下幾首痛懷喪亂的詩篇，後來謝靈運在《述祖德》詩中，爲了歌頌其祖父謝玄的功勛，約略提到一點，再就是陶淵明在《贈羊長史》詩裏稍稍觸到一下。百餘年間，淪陷了的北中國，很難得到詩人們的偶一顧念。劉義隆作爲宋王朝的統治者，能不忘北伐收復中原，後來雖然不幸北伐失敗，但在南朝統治者中總算是有志氣的。他在這首《北伐》詩中，以沉痛的心情，追傷中原的百年淪陷，及邊地人民長期遭受少數民族入侵者的殘酷蹂躪，企圖一舉統一中國。整個詩篇，如實地表達了他的感情和志氣，文辭也很典雅，達到內容

和形式的和諧一致，乃是一篇具有較高的現實意義的作品。還有值得一述的，裴松之的《三國志注》，就是在他的命令下作出的。裴松之的兒子裴駰也注了《史記》，范曄的《後漢書》也成於元嘉年間。文帝劉義隆的兒子孝武帝劉駿更是「英採雲構」（《文心雕龍·時序篇》），他現存的詩有二十多篇，數量既可觀，文辭也還清雅。如其《丁督護歌》六首中的第四五兩首，就有很濃厚的民歌氣質：

聞歡去北征，相送直瀆浦，祇有泪可出，無復情可吐。

督護上征去，儂亦惡聞許，願作石尤風，四面斷行旅。

當時的許多王子也很能文，臨川王劉義慶的《世說新語》，也是膾炙人口的著作。當時臣僚中有名的詩人不少，除了大家熟知的鮑、謝、顏以外，還有謝莊、謝瞻、謝惠連、湯惠休等人，也是超出流輩的。

第二節 謝靈運

謝靈運（三八五—四三三）爲晉車騎將軍謝玄之孫，他早年即繼承祖父爵位爲康樂公，至宋朝降爵爲康樂侯。靈運自以門第高華，兼負才能，而在宋王朝未獲得重要的政治地位，故常懷鬱憤心情。他凡所任官職如永嘉太守、秘書監及臨川內史，皆荒廢職務，一味縱情遊山玩水，甚至爲了遊山而役使數百人，伐木開路，擾亂地方治安，被誤會以爲山賊，因此常爲朝廷及地方官所糾彈制裁。最後在做臨川內史時，因起兵抗拒逮捕而被擒，放逐於廣州，終於在廣州被殺。

謝靈運之曠廢職事而縱情遊賞，固然表現了南朝統治階級在生活作風上的腐敗淫侈，但也是他對劉宋王朝表示對立的一種方式，如他後來在臨川被收捕時無所隱諱地說：「韓亡子房奮，秦帝魯連恥。」由於政治欲望未得滿足而導致尖銳的對立情緒，他乃將其精神寄託於對山水的縱情遊賞，並以其富艷的才華，極精緻地描繪出奇秀的山水狀貌。於是大量的山水景物，各以其鮮異的姿容，散見於他的詩篇中，閃耀出清美的光輝，在詩歌領域裏開闢了一個引人入勝的新的境界。

在謝靈運的詩篇中，如下面這樣的寫景好句，所在皆是：

巖峭嶺稠疊，洲縈渚連綿，白雲抱幽石，緑篠媚清漣。（《過始寧墅》）

亂流趨正絶，孤嶼媚中川，雲日相輝映，空水共澄鮮。（《登江中孤嶼》）

猿鳴誠知曙，谷幽光未顯，巖下雲方合，花上露猶泫。（《從斤竹澗越嶺溪行》）

溯溪終水涉，登嶺始山行，野曠沙岸淨，天高秋月明。（《初去郡》）

詩人筆下的山水景色，多麽光輝鮮明！他所經歷的山水景物，各以其獨具的姿貌真切地呈現於詩人筆下，使我們讀他的詩集時，儼如觀賞一部鮮美的藝術寫生畫册。他描寫山水景物的特點，乃

人事不，[illegible]中的詩[illegible]一部分美的[illegible]

[illegible]

[illegible]國詞集

[illegible]

第五節 [illegible]運

[illegible]

是依據他瀏覽時體會的真實情貌，以自己獨創的辭匯，加以客觀的精刻摹繪。所以在他筆下呈現出的自然景物的特點，乃是具有客觀性的獨立存在於人境之外的，不似陶淵明之將其融合於自己的主觀感情之中，而與自己的生活結成一片的。如「採菊東籬下，悠然見南山，山氣日夕佳，飛鳥相與還」，衹是表現陶淵明從對自然景物的感受中所產生的悠然自得之趣，至於南山是如何之狀，山氣當日夕時如何的佳，都讓讀者依據自己的生活經驗去想象補充。而「白雲抱幽石，緑篠媚清漣」，雖是通過作者主觀的美學評價而摹寫出的，但它們乃是客觀存在於人意識之外的具體明切的物狀。它們即以其真切鮮明的形象，給讀者以真實幽美之感，使人從而獲得對於山水景物的美的享受和情趣的培養，在我國豐富的文學寶庫中自有其應予珍視的價值。

由於他的家庭地位及其豐美的文章才華之爲當世所重，所以他的詩風給予當時詩壇的影響很大。宋初詩風之由玄理轉向山水，是有着靈運的主導作用的。《宋書·謝靈運傳》説他在始寧山居時，「每有一詩至都邑，貴賤莫不競寫，宿昔之間，士庶皆遍，遠近欽慕，名動京師」。這段記載即足説明上述情況。而《文心雕龍·明詩篇》説：「宋初文運，體有因革，老莊告退，而山水方滋，儷採百字之偶，爭價一句之奇，情必極貌以體物，辭必窮力而追新。」這裏所指出的宋初詩風的特徵，也正是謝靈運詩風的特徵。所以就從當時詩風的轉變言，即從東晉的玄理詩轉向宋初的山水詩，使詩由淡漠而步入清新之境，謝靈運的功績是不可忽略的。

在謝靈運的詩中，還有不少包含玄理的詩句，這一方面可看出當時玄理詩的殘餘影響還未脱除盡，同時也是他的思想矛盾的體現。他因政治願望不能達到，所以常對劉宋朝廷持拒抗態度，他之縱情於山水，固然由於個性的愛好，同時也是藉以作爲拒抗朝廷的手段，所以他的情緒常常憤憤不平的。因此，他之常用道家玄理入詩，乃是藉以排遣自己的不平情緒。但這絶不能和陶、嵇、阮等之以道家精神反抗現實同等看待，淵明等對現實乃是堅決否定而無所希求的，而靈運則是因求而不獲乃如此。所以，謝靈運詩中所表現的似乎也高曠的胸懷，是含有一定程度的虚僞性的。

謝靈運的詩還給人一種顯著的感覺，乃是在字句上過份雕琢。他摹寫山水景物之窮形盡相，即是從着意雕琢中達到的。即令是摹寫自然，有時也因捶字過重，不免有損自然之趣。而他的另一些抒發情感的辭句，則因使用典實過多，給讀者以艱澀之感，失掉詩所應有的諧暢情味。另外，他的詩中對偶句特多，如《登池樓》一首乃至通篇屬對。這樣着意雕琢辭句，以及用典和偶句之多，正是當時駢儷文風在其詩中的體現。而詩中之大量出現偶句，也爲詩的律化逐漸形成其對仗因素。

總之，在謝靈運的詩中，精緻的山水摹繪，哲理和典實的運用，句法的駢儷，以及字句的過分

雕琢，形成其作品瑕瑜互見的現象。下面舉出二首，可以概見其餘：

潛虯媚幽姿，飛鴻響遠音，薄霄愧雲浮，棲川怍淵沈。進德智所拙，退耕力不任，徇祿反窮海，卧痾對空林。衾枕昧節候，褰開暫窺臨。傾耳聆波瀾，舉目眺嶇嶔，初景革緒風，新陽改故陰，池塘生春草，園柳變鳴禽，祁祁傷豳歌，萋萋感楚吟。索居易永久，離羣難處心，持操豈獨古，無悶征在今。（《登池上樓》）

昏旦變氣候，山水含清輝，清輝能娱人，遊子憺忘歸。出谷日尚早，入舟陽已微。林壑斂暝色，雲霞收夕霏。芰荷迭映蔚，蒲稗相因依。披拂趨南徑，愉悦掩東扉，慮澹物自輕，意愜理無違，寄言攝生客，試用此道推。（《石壁精舍還湖中作》）

與謝靈運同時的詩人顏延之（三八四—四五六），當時與謝靈運並稱爲「顏謝」。但顏的作品，無論是詩或其他體文，都是繁密辭藻的匀稱堆積，缺乏生動感人的情緻。鍾嶸在《詩品》中曾引用湯惠休對他們二人的評論説：「謝詩如芙蓉出水，顏如錯采鏤金。」錯鏤的金采，看來何嘗不光華艷麗，但終是没有生命的東西。他的這類作品，正典型地代表着當時形式主義的創作風尚。衹有《五君詠》五首，雖是藉歌詠阮籍、嵇康、劉伶、阮咸、向秀五人的生平，以抒發個人的怨憤，但却能極概括地揭示出各個人的精神要點，其中如稱嵇康「鸞翮有時鎩，龍性誰能馴」，稱劉伶「韜精日沈飲，誰知非荒宴」，都非常恰當。這幾首詩的語言雖精練而風格較明朗，獲得了文質相稱的藝術效果。

第三節　鮑　照

鮑照（四一四？—四六六），字明遠，宋東海人。家世貧寒，以詩爲臨川王劉義慶所賞識，乃爲其國侍郎。後歷任海虞、秣陵、永嘉等縣令，及中書舍人等職，最後爲臨海王劉子頊的參軍，子頊響應晉安王劉子勛叛拒宋明帝而俱敗，照在江陵爲亂兵所殺。

由於出身寒微及政治地位的低下，鮑照的詩歌，從内容到形式都表現出卓然異於流俗的風貌。當時在高門世族壓抑下的下層階級士人的生活情緒，在鮑照的詩歌中獲得充分而多方面的反映。漢以來樂府民歌的藝術形式，更在他的手中得到創造性的運用。他所特有的感情，使其詩歌創作表現得生氣勃勃而雄健有力，閃耀着强烈的現實主義光輝。而從曹丕後一直冷落寂寞了的七言體，在他的筆下大量出現，也爲文人詩歌創作開闢了一個新的形式的領域。

貧賤者的悲憤，在鮑照的詩中是非常普遍的。他的樂府詩《行路難》十八首中，就有許多首淋漓盡致地抒寫了這種感情。《行路難》本是由來久遠的民間歌謡，據《樂府詩集》引《樂府解題》説，《行路難》的主旨，乃是「備言世路艱難及離別悲傷之意」，鮑照的這十八首，仍是依據它的本

來題旨而寫的。他的這組作品中，除了一部分是寫男女離別的悲傷，另一部分則是寫在高門世族壟斷下，貧賤士人對於世路艱難的憤慨，及由此產生的人生年命短促的悲傷。如「瀉水置平地」、「對案不能食」及「諸君莫嘆貧」三首，即是貧賤士人的世路艱難之悲憤的充分表現：

瀉水置平地，各自東西南北流；人生亦有命，安能行嘆復坐愁！酌酒以自寬，舉杯斷絕歌路難，心非木石豈無感，吞聲躑躅不敢言。（其四）

對案不能食，拔劍擊柱長嘆息：丈夫生世能幾時，安能蹀躞垂羽翼！棄檄罷官去，還家自休息。朝出與親辭，暮還在親側，弄兒床前戲，看婦機中織。自古聖賢盡貧賤，何況我輩孤且直！（其六）

諸君莫嘆貧，富貴不由人。丈夫四十强而仕，余當二十弱冠辰，莫言草木委大雪，會應蘇息遇陽春。對酒敘長篇，窮途運命委皇天，但願樽中九醞滿，莫惜床頭百個錢！直須優遊卒一歲，何勞辛苦事百年！（其十八）

在「瀉水置平地」這首簡短的八句中，所表達的情緒非常曲折、婉轉而沉痛：開始以水之瀉地各隨遭遇的地勢而異其趨向，形象確切地比喻人各因其所降生的家庭而決定其一生命運，這和左思《詠史詩》的「鬱鬱澗底松」首抒發的感慨是一致的，這在當時的社會制度下完全是真理；因此，乃感到人生既然命定，愁嘆亦無益；但愁嘆之情已有，祇得酌酒自寬；儘管如此，然而人的心非如木石，終不能無所感慨；可是最後只有吞聲而不敢言。其心中所懷藏的被壓抑之情多麼深重！而其表現又這樣曲折婉轉，這種曲折婉轉的表現過程，正表明了他的衷情之反復激蕩而無可奈何的狀態。

「對案不能食」一首所表達的，則是在沉重的壓抑下不可復忍的憤慨。在詩的開始四句裏，我們即可明切感觸到一個滿懷不可遏抑的憤激的詩人形象。於是他只有以陶醉於甜蜜的家庭生活，來反抗不合理的現實，而抒發其人生憤慨。最後之藉古人自慰，乃是對於當時現實的嚴厲批判；而孤直者之不免於貧賤，即深刻地揭示了當時社會之如何黑暗。我們試把李白的《行路難》中「金樽清酒鬥十千」一首與這首比較一讀，即可感到它們的風格如何類似，及其彼此間的密切繼承關係。杜甫之以「俊逸鮑參軍」稱讚李白，其中即概括着這種關係的。

「諸君莫厭貧」一首的情調，表面上似乎是比較曠達，不似上兩首的情緒那樣抑鬱、憤慨，但它們都一致地貫注着一種人生的隱痛，即是對自己人生命運的無能爲力。這種感情，正典型地反映出當時高門大族把持政權的封建社會本質，在那種社會制度下，出身寒門的士人是極難有權力主宰自己的人生命運的。

這類作品的形式，在當時也是非常特殊的。作者把五言句和七言句無規則地交雜組合着，用韻也多在篇中驟然更換，這些方法，在增强對感情的表現力上給人以非常新鮮活潑的感覺。它們在語言上也表現着很大的民歌特色，如「富貴不由人」、「莫惜床頭百個錢」，簡直是口頭俗語，所以鍾嶸批評他「險俗」。而蕭子顯攻擊他「發唱驚挺，操調險急，雕藻淫艷，傾炫心魂」，正是針對他的《行路難》這類作品而發的，但這也正是鮑照在藝術形式上的獨創性和進步性的表現。在鮑照的這些作品中，雖然是五七言相雜合，但這種新起的七言句式，必然由初期衹占一定成分而到後來佔有整篇，這是一種詩體形成的必然過程。唐代與五言體並列的七言體，自然是在前代許多詩人相繼努力的基礎上形成和鞏固下來的，但鮑照對這一領域應有其不可忽視的開創功績。

鮑照的許多五言體樂府詩，也都依據各個樂府題的本意，多方面地抒寫了人民的各種悲苦情緒。如《貧賤愁苦行》即盡致地寫出了貧賤者窮途無路的悲痛，它集中地概括了世間無數貧苦者的慘痛經驗和心情，這也不是富貴逸樂而不識生活憂愁者所能體會到的。其他如《放歌行》、《東武吟》、《結客少年場行》、《擬古》的「東薪幽篁裏」等篇，則表達出各類貧賤者的沉淪之悲。其中《東武吟》一首，所描寫的戰士年老被棄的生活景況極爲感人：

主人且勿喧，賤子歌一言：僕本寒鄉士，出身蒙漢恩。始隨張校尉，召募到河源；後逐李輕車，追虜窮塞垣。密塗亘萬里，寧歲猶七奔，肌力盡鞍甲，心思歷涼温。將軍既下世，部曲亦罕存，時事一朝異，孤績誰復論！少壯辭家去，窮老還入門，腰鐮刈葵藿，倚杖牧鷄豚。昔如韝上鷹，今似檻中猿，徒結千載恨，空負百年怨。棄席思君幄，疲馬戀君軒，願垂晉主惠，不愧田子魂。

篇中以這位戰士少壯盡力於戰爭的辛勞，與其衰老被棄後的窮困生活相對照，從這位戰士身上顯示出社會制度中所存在的不合理現象。他對國家所盡的勞力與其受到的待遇是這樣極端的不相稱，使讀者深切同情於這位戰士的一生遭遇，而感到統治者之殘酷不仁。他所以落到這種悲慘命運中的，乃因爲他是寒鄉士，而且所追隨的將軍下世了。這種原因本身也就反映了社會現實的不合理。作者即從這位戰士的出身、經歷、社會關係和晚年生活及情緒的相互聯繫中，概括地描寫出其令人同情的一生，並揭露出與其一生相關的社會現實，是具有深刻的典型性的。在這幅意義深刻、形象完整的人生圖畫中，也顯示了作者精練完美的藝術結構手法。

五言詩《擬古》的「東薪幽篁裏」一首，則是從另一種生活內容抒寫沉淪者的悲感：

東薪幽篁裏，刈黍寒澗陰，朔風傷我肌，號鳥驚思心。歲暮井賦訖，程課相追尋，田租送函谷，獸藁輸上林。河渭冰未開，關隴雪正深，笞擊官有罰，呵辱吏見侵，不謂乘軒意，伏櫪還

至今。詩中的主人公由於沉淪在社會底層，不得不從事辛勤的生産勞動，而忍受殘酷的剥削和淩辱，因此更感到沉淪的堪悲。這首詩雖然是假託漢代的社會情况而寫的，有志乘軒而不幸伏櫪的士人未必就會生活在那種情况下，但作者所概括的生活確是被壓迫剥削的勞動人民的。這種被剥削壓迫的勞動人民的痛苦生活之被反映在詩中，在六朝時代是極爲難得的，這種生活只有出身寒微的詩人纔能注意到，這就是鮑照的詩歌所以能具有一定程度的人民性的原因。

鮑照還有許多從軍邊塞之作，情辭激壯，在當時詩壇上也是足以振人視聽的。試看其《代出自薊北門行》：

羽檄起邊亭，烽火入咸陽，征騎屯廣武，分兵救朔方。嚴秋筋竿勁，虜陣精且强，天子按劍怒，使者遥相望。雁行緣石徑，魚貫度飛梁，簫鼓流漢思，旌甲被胡霜，疾風沖塞起，沙礫自飄揚，馬毛縮如猬，角弓不可張。時危見臣節，世亂識忠良，投軀報明主，身死爲國殤。

詩的開端描寫邊警傳來及朝廷出兵的經過，使人從急劇的氣氛中感到戰局的嚴重。中間極寫戰士行軍途中的嚴寒艱苦狀况，最後表達了戰士要爲國捐軀的忠勇氣概。全詩風格雄健蒼老，是唐人邊塞詩的良好標本。它如《擬古》中的「幽并重騎射」一首，描寫了幽并遊俠少年的遊獵活動

及射技之精，最後説：「漢虜方未和，邊城屢翻復，留我一白羽，將以分符竹。」仍表達了遊俠少年要爲國消除外患建立功業的忠勇意志。鮑照生活在南北兩朝對峙的形勢下，親身經歷了拓跋燾的大舉南侵，並且是後南北兩方還不斷互相攻伐。在當時這樣的現實背景前，鮑照的這類作品確能代表他自己及同時許多誌士的心情，具有較高的現實意義及一定程度的愛國主義精神的。

鮑照的詩歌，由於所反映的生活感情之廣調而具有人民性，及其語言之精朗雄健，在六朝詩人中顯出無比卓越的藝術價值。我們在唐代偉大詩人李白和杜甫的某些作品中，常可感到它們的某些作品的風格和鮑照的有相似之處，試取鮑、李二人的《行路難》、《夜坐吟》、《雉朝飛》等篇，鮑的《東武吟》、《代出自薊北門行》與杜的《前出塞》、《後出塞》，鮑的《望廬山》等寫景之作與杜的由秦州至同谷而又由同谷入蜀的記行諸作，比較一讀，即可明確看出這種情况。而鮑、李情致之豪邁矯健，鮑、杜詩句之沉練精工，彼此亦復近似，這也是許多詩話家一致指出過的。由此可以看出鮑照的作品給予唐代詩人的影響。

第五章　南朝中後期詩壇的昏曉

第一節　南朝中後期詩風的趨勢

一　創作内容的涇渭

南朝中後期齊、梁、陳時代的詩歌，就內容言，一般都貧乏空虛，甚至墮落腐朽，這主要是由當時詩風倡導者的生活意識和政治地位所決定的。齊、梁、陳三朝的統治者，大多數很愛好詩，其中有些如蕭衍、蕭綱、蕭繹和陳叔寶等，都寫下大量的篇章。他們在自己寫作的同時，還命令王子和大臣們依題和作，在詩壇上形成一種非常繁榮的局面，尤其在梁、陳時期，作品的數量遠遠超越了前代。但是，由於這些作者都是統治階級的上層人物，他們所追求的不外是荒淫腐朽的醉生夢死生活，及彌補精神空虛的佛家教義，對於國家安危和民生疾苦無所用心，因而在他們的作品中，得不到一點兒的社會現實生活的反映。而充塞在他們的篇章裏的，乃是一些日常生活事物如歌、舞、風、雲、春、秋、花、柳、鏡、筝之類，也未寓含一絲有關人生的意義，這些簡直是無聊的文字遊戲。他們雖是較普遍地擬作樂府民歌，但樂府民歌的卓越精神在他們的作品中很難見到，他們祇是運用麗辭，隨題敷衍，其中尤多爲相互應和而作，非從生活感情中激發出，自不免平庸而缺乏高遠的情致。韓愈的《薦士》詩所云：「齊梁及陳隋，衆作等蟬噪。」確是盡致地形容了當時煩囂無益的詩壇景象。

而梁、陳之際的詩歌內容更爲低下，乃至於以輕艷的筆調，着意描繪女性的色情，如梁簡文帝蕭綱爲太子時，寫下大量的這類作品，並命令其臣下和作，當時稱這類作品爲「宮體」。他們把筆鋒圍繞在女子身上，所有她們的晨妝、夜思、看畫的心情和睡眠的神態，以及生活的一切，都是用心刻劃的題材，甚至形容到孌童的種種情態，這種下流到穢濁不堪的作品，確是當時統治貴族荒淫無恥生活的自狀。這類作品，正是適應當時統治貴族的淫腐生活而産生和發展的，它們風靡到隋以至唐初，經過初唐四傑的改革和陳子昂的抨擊，才被驅出詩壇。

此外，還在這時詩人篇章中常見的，乃是朋友間的酬贈之作，但一般都像些官樣文章，極少深遠情致，儘管辭句精雅，而沒有一點驚動人的力量，正如陳子昂在《修竹篇序》中所指出的「採麗競繁，而興寄都絶」了。

這一時期，在詩歌內容裏較爲新鮮的一個方面，乃是由山水而擴展到對廣泛自然景物的摹繪。前曾敍述到魏晉以來對於自然景物描寫的經歷，從曹操以至陸機、左思、張協、陶淵明、謝靈運、鮑照等，詩人們的畫筆由一般自然景物集中到專事山水，而到了齊、梁之際，詩人們的目光，又從山水放開到一切自然界的物象上來。這時與謝靈運並稱爲大小謝的謝朓，在他的詩筆下，除了山水外，還有自然界的種種物象，如「朔風吹飛雨，蕭條江上來，……空濛如薄霧，散

漫似塵埃」（《觀朝雨》），「遠樹曖阡阡，生煙紛漠漠。魚戲新荷動，鳥散餘花落」（《遊東田》），把自然界的物象，描寫得多麽真切、新鮮、生動！比謝脁稍晚的梁代詩人何遜，尤多這類出色的好句，如「林密户稍陰，草滋階欲暗，風光蕊上輕，日色花中亂」（《酬范記室雲》），「夕鳥已西度，殘霞亦半消，風聲動密竹，水影漾長橋」（《夕望江橋示蕭諮議楊建康江主簿》），「露濕寒塘草，月映清淮流」（《與胡興安夜別》）。這些正如鍾嶸所説的是「直尋」的「勝語」，都是即目所見，經過詩人精心地撮示出來，不僅勾畫了它們的形貌，而且烘染了它們新鮮活潑的精神，使讀者感到字裏行間，風光流溢。後來梁陳之際的詩人陰鏗，也有許多這類的好句，如「水隨雲度黑，山帶日歸紅」（《晚泊五洲》）、「夜江霧裏闊，新月迥中明」（《五洲夜發》）都能以精工的筆畫，追摹出眼前生動的自然景象。由於是詩人實地細心體察所得，所以寫來光景新鮮。這些對於自然景物的描繪，雖然没有什麽更多的思想意義，而在詩人們依其美的感受下，將其追攝下來，藝術地重現在詩篇裏，較之實地的景物顯得更爲突出優美，使人感到清新悦目。這在當時籠罩着一片平庸混濁氣氛的詩壇上，確是一股滌煩除悶的清風，足以令人精神爲之一爽的。

二 形式追求的功過

這一時期文學的主要特徵，一般説來，乃是作者極力追求形式的美，大力發展了晉代文學創作的形式美傾向，達到了形式美的最高階段。作爲整個文學領域的一個重要方面的詩歌，其步調也是與文學總的傾向相應一致的。前曾談到，這時詩歌的作者多是上層統治貴族，他們都把詩歌創作當作風雅的妝飾，消閒的遊戲，內容往往空虚貧乏，於是專在形式上下功夫，作爲詩歌形式要素的語言和音節，更是他們騁才爭勝的拿手節目。

作爲詩歌的首要因素的語言，在藝術形式上居於關鍵性的地位，所謂「物沿耳目，而辭令管其樞機」（《文心雕龍·神思》）。即構思形成的一切，最終須通過語言表達出來。於是語言的運用如何，決定作者作品的藝術的風格和效果。自建安時代以來，詩歌語言的風格是不斷變化着的。建安時代的詩人，在《詩經》、《楚辭》及漢樂府民歌的影響下，語言一般都素雅自然。這時詩人的作品，可説是有章無句，即通體一致完美，拈不出突出的秀句。到了晉代，代表當時創作傾向的陸機的作品，在語言上着意求深，試取其擬古諸篇與原作一相對照，情況非常明顯。因而其詩歌的語言，大遜建安時代的爽朗，而「苕髮穎豎」的秀句，往往可以見到了。再進到劉宋時代，代表這時風尚的顔延之的作品，在典雅的基礎上，更加以繁密的藻彩，乃使人感到如同「鋪錦列繡」，「雕繢滿眼」，但缺乏生氣，這樣「繁采寡情」的作品，定致「味之必厭」的效果。這時一般詩人的趨向，正如《文心雕龍·物色篇》所説：「儷採百字之偶，爭價一句之奇，情必極貌以寫物，辭必窮力而追新，此近世之所競也。」

而謝靈運詩中大量湧出的好句，便是從語言上「窮力追新」得到的。以後齊梁時代許多詩人的寫景好句，也都是在語言上「窮力追新」獲致的藝術成果。齊梁時代的一般詩風，確如李諤的《上隋高祖革文華書》所指出的：「江左齊梁，其弊彌甚。……競一字之奇，爭一句之巧。連篇累牘，不出月露之形；積案盈箱，唯是風雲之狀。」由於在當時統治貴族影響下，詩的風格一般輕靡浮艷，而要適合表達「月、露、風、雲」的內容，語言也趨向新鮮明淨，而不致深重生僻。這種語言風格，去古愈遠而更適合後來律詩絶句的要求了。這樣在語言上極力研練，在當時一般詩人雖由於忽略了內容而效果不佳，但他們的這種精神給其後代詩人的影響却是深遠的。杜甫曾説：「爲人性僻耽佳句，語不驚人死不休。」（《江上值水如海勢・聊短述》）就是把詩的語言藝術看得非常重要的明確表示。

爲了達到形式的精美，詩人們最通常採取的易於見效的方法，乃是講求辭句的整齊偶對，這也是與魏晉以來文章的駢化密切相關的。在曹魏時期，文章的句法已趨向整齊對偶，到西晉初而更加嚴密，這種傾向也表現在詩歌創作上，西晉初的詩人作品中，就明顯地出現了這種趨勢。如陸機的《赴洛道中作》云「永嘆遵北渚，遺思結南津」，「振策陟崇丘，安轡遵平莽」，辭面對得很工整的。又如其《猛虎行》：「飢食猛虎窟，寒棲野雀林。日歸功未建，時往歲載陰。崇雲臨岸駭，鳴條隨風吟。靜言幽谷底，長嘯高山岑。」八句一氣都是偶對着的。這種偶對的句法，在同時詩人如潘岳、左思等的創作中也可見到許多。到了宋初的謝靈運，甚至有通篇是偶句的，如其《登池上樓》就是這樣。齊梁以後，由於詩人們在修辭上儘力爭巧鬥奇，於是追求辭句對偶的精工，在創作中成爲必不可少的藝術手段了。試看這時的代表詩人如王融、謝朓、沈約、范雲、何遜、陰鏗等的作品，工整的偶句充滿篇章，甚至以偶句發端的現象，也隨處可見。由於我國的文字是單音體，而在通常言語中整齊偶對的現象早已存在，就在較古的著作如《周易》、《書經》中也可見到一些。從東漢以來，文章的句法漸趨整齊，於是文人更多地從這方面下工夫，再繼續發展，就把整齊偶對作爲修辭的必要手段了。這種手段長期在文人中被普遍地掌握和運用，到齊梁產生新變體詩，即成爲其藝術形式的重要因素，後來唐代律詩中的兩聯對仗，即是繼承新變體詩的這一因素而規定下來的。

作爲詩歌藝術形式的一個重要因素的聲律，也是在這時被發明而逐漸有意識地掌握運用到文學創作上來的。也是由於我國文字爲單音體，在文字的連綴上，便於依據音樂的原則加以和諧的組合。漢魏時的五言詩，讀起來還覺音節諧美，那是純任天籟，作者並不能有意識地加以協調。晉初陸機才在《文賦》中提出「暨音聲之迭代，若五色之相宣」，認爲文章應在音節上抑揚交替，具有和諧之美。劉宋之初，范曄在其《後漢書・自序》中説他「性別宮商，識清濁」，表明這時已有人朦朧地初步感到文字聲音的高下類別了。再進到齊武帝永明（四八三—四九三）年間，

周顒、王融、沈約等乃創爲「四聲」、「八病」之説。沈約更在其《宋書・謝靈運傳論》中，强調文章中調協音節抑揚的重要説：「夫五色相宣，八音協暢，由於玄黄律吕，各適物宜。欲使宫羽相變，低昂舛節，若前有浮聲，則後須切響。一簡之内，音韻盡殊；兩句之中，輕重悉異。妙達此旨，始可言文。」他並以「四聲」的創立爲其千載獨得之秘。「四聲」之所以能被明確於此時，一方面因爲以前人已在探索中打下了一定的基礎，如曹魏時人李登之著《聲類》，晉人吕靜之著《韻集》，都是在明確聲韻上纍積了一定成績的。而更有力地促成這一秘奥之揭開的，乃是轉讀佛經的影響。在東晉時期，佛教已盛行於中國，佛經的譯文亦多。由於原來佛經的梵文是多音節的，並具有優美的音樂性，譯爲單個的漢字後，爲了恢復其原來的音節之美，在誦讀時即將每一個字讀成幾個高低不等的音節，由此乃明確地辨析出字的四聲。齊武帝永明七年（四八九），竟陵王蕭子良大集僧侣於京城，造經唄新聲，實可爲辨明「四聲」的一大動力，而周顒、沈約也曾參加子良的考文審音的工作，故「四聲」之明確於此時及周、沈等人，是並非偶然的。「四聲」既明，文人們乃積極有意識地在創作時調和聲韻，以加强作品的音樂性。沈約等更從調音的探索中，總結出使音節失諧而須避免的一些現象，乃有所謂「八病」（平頭、上尾、蜂腰、鶴膝、大韻、小韻、旁紐、正紐）。由於沈約等人在政治和文學上的名位之高，他們的倡導，在當時形成盛極一時的風尚，以至稱那種講求聲律的作品爲「永明體」。這就爲此後文學的藝術形式明確地提供了一個新的重要因素。齊梁間的新變體詩之過渡成爲律詩，即是在明確聲律的基礎上繼續探索而審定下來的。

當「四聲」之論提出時，即遭到一些人的反對，如鍾嶸認爲王融、謝朓、沈約等提倡「四聲」，「務爲精密，襞積細微，專相凌架，故使文多拘忌」。並説：「至平上去入，則餘病未能。」（《詩品》卷下序）當然，在「四聲」剛一明確之初，一般人還不習慣於掌握運用，自然要感到困難的。就是王融、沈約等人的詩歌，也有很多未能遵守他們自己提出的聲律要求，一向在詩歌創作上主張「自然英旨」的鍾嶸，對於聲律的拘忌，更當認爲是不能忍受的了。但調理詩歌語言的音節，使之具有諧美的音樂性，是完全必要的。「四聲」的發明，使詩人能有意識地掌握運用聲律，增加藝術形式的因素，增强詩歌的藝術效果，這一新的創造是具有進步意義的。儘管最初由於詩人們還比較生疏而難於駕馭，自不免使創作受一定影響；但在經歷一定時間之後，「四聲」之論已成爲人們的常識，而聲律在詩歌藝術形式上發揮的作用，確是無限長遠的。

第二節　各種詩體的胎息孕育

一　七古的前進步武

魏晉南北朝時期是我國詩歌發展的一個重要階段，在唐代定型的各種詩體，除了五古這時已

達到成熟的境地，其他七古和各種近體詩體，都是在這時逐漸形成，然後在唐代肯定下來，並進而向前發展的。

首先就七古而論，自從曹丕開創了這一詩體的記録，中間沉寂了很長一段時間，極少反響。直到劉宋時代的鮑照，才以其《行路難》十八首，奠立了七古的新局面，他在這方面的卓越成就，前章已經論述，這裏不必重贅了。但當時對於鮑照這一成就的反應，乃是所謂「險急」、「淫艷」等類的詆巇之辭。與鮑同時，衹有被並稱爲「鮑休」的湯惠休，有《白纻歌》二首及《秋風歌》、《秋思引》各一首，乃是和鮑照的《白纻舞歌詞》性質相類的作品。稍後的整個齊代，所能見到的七言體，衹有釋寶月（鍾嶸説是柴廓）的《行路難》一首。

到了梁代，七言詩才進一步得到發展，這首先要歸功於梁武帝蕭衍。蕭衍是從「西曲」産生地之一的襄陽起兵奪取南齊政權的。他有文學的才能和愛好，駐居襄陽時即愛好當地的民歌，並自己創作了許多民歌體的小詩。由於這樣的思想基礎，他的筆下才出現了許多七言體的樂府詩，如《白纻辭》、《河中之水歌》、《東飛伯勞歌》、《江南弄》等十餘首，其中多數篇章用韻都有所轉變。他的兒子蕭綱（簡文帝）、蕭繹（元帝）跟着，把七言詩風大爲暢開。這時作爲七言詩發展進程的一個重要標誌，乃是越出樂府的範圍，把七言廣泛地應用到個人抒情和朋友間的酬和贈送上去

了，如蕭綱的《和蕭侍中子顯春別四首》及蕭繹的《別詩二首》、《送西歸内人》等篇，都是用七言句寫的。他們父子三人的七言詩就有近三十首。在他們父子的倡導下，許多臣子也跟着寫作，如蕭子顯一人現存的七言詩就有九首，其他如沈約、張率、吴均、王筠、劉孝威、費昶等人，各有一首至九首不等，尤其值得注意的，其中很多是奉蕭衍父子之命和作的。他們中間，有幾個人的作品就是運用《行路難》舊題寫的，這也可看到鮑照的影響。

從梁到陳，七言詩的一個總的傾向，即篇章的整齊化，句式、韻律並由參差而趨於整齊。這種情況，要把較長篇幅的作品拿來比較就可看出。如蕭繹、蕭子顯、王褒、庾信等的《燕歌行》，吴均、王筠、費昶等的《行路難》篇中每韻的句數及韻的轉換，均較參差雜亂。下面各舉一首爲例看看：

風光遲舞出青蘋，蘭苕翠鳥鳴發春，洛陽梨花落如雪，河邊細草組如茵。桐生井底葉交枝，今著無端雙燕離，五重飛樓入河漢，九華閣道暗清池。遥看白馬津上吏，傳道黄龍征戍兒，明月金光徒照妾，浮雲玉葉君不知。思君昔去柳依依，至今八月避暑歸，明珠蠶繭勉登機，鬱金春花特香衣。洛陽城頭鷄欲曙，丞相府中烏未飛，夜夢征人縫狐貉，私憐織婦裁錦緋。吴刀鄭綿絡，寒閨夜被薄，芳年海上水中鳧，日暮寒夜空城雀。（蕭子顯：《燕歌行》）

君不見長安客舍門，倡家少女名桃根，貧窮夜紡無燈燭，何言一朝奉至尊。至尊離宮百

餘處，千門萬户不知曙，唯聞啞啞城上烏，玉欄金井牽轆轤。丹梁翠柱飛流蘇，香薪桂火炊雕胡，當年翻覆無常定，薄命爲女何必粗！（吳均：《行路難》）

到時代較晚的七言長篇，則可看到形式非常整齊的現象：

傾城得意已無儔，洞房連閣未消愁，宫中本造鴛鴦殿，爲誰新起鳳凰樓！緑黛紅顔兩相發，千嬌百念情無歇，舞衫回袖向春風，歌扇當窗似秋月。碧玉宫妓自翩妍，絳樹新聲最可憐，張星舊在天河上，從來張姓本連天。二八年時不憂度，旁邊得寵誰相妒，立春歷日自當新，正月春幡底須故。流蘇錦帳掛香囊，織成羅幌隱燈光，祇應私將琥珀枕，暝暝來上珊瑚床。（徐陵：《雜曲》）

殿内一處起金房，並勝餘人白玉堂，珊瑚掛鏡臨網户，芙蓉作帳照雕樑。房櫳宛轉垂翠幕，佳麗逶迤隱珠箔，風前花管颺難留，舞處花鈿低不落。陽臺通夢太非真，洛浦凌波復不新，曲中唯聞張女調，定有同姓可憐人。但願私情賜斜領，不願傍人相比並，妾門逢春自可榮，君面未秋何意冷？（江總：《雜曲》）

新人新寵住蘭堂，翠帳金屏玳瑁床，叢星不似珠簾色，度月還如粉壁光。從來著名推趙子，復有丹唇發皓齒，一嬌一態本難逢，如畫如花定相似。樓台宛轉曲皆通，弦管逶迤徹下風，此殿笑語長相共，傍省歡娱不復同。訝許人情太厚薄，分恩賦念能斟酌，多作繡被爲鴛鴦，長弄綺琴憎别鶴。人今投寵要須堅，會使歲寒恒度前，共取辰星作心抱，無轉無移千萬年。（傅縡：《雜曲》）

在上面三首詩中，我們可看到如下共同情況：通篇都是七言句，每四句一韻，韻的平仄依次交替，句式、韻律非常整齊，毫不雜亂。在傅縡的詩題下，注有「江總、徐陵同賦」，當是他們三人同受陳叔寶的命令寫作，描寫以張貴妃爲中心的宫廷生活的，而形式上的這樣整齊一致，也當是出於共同的嚴格要求。這種情況，在當時雖不普遍，也還可看到一些，可説是一種新的跡象，這樣就爲七古提出了一種篇章嚴整的體式。這種體式，後來在唐人七古中可常見到，如李頎的《古從軍行》，王維的《夷門歌》、《洛陽女兒行》，高適的《燕歌行》、《封丘作》等，都是這種章法嚴整的七古。七古的體式，這時雖可説已經大致完成，但衹是初具規模，後來在唐代詩人李白、杜甫、岑參、韓愈等的創造性的運用下，恣筆揮灑，寫出大量的篇章結構無方，氣勢雄健奔放的作品，充分發揮了這一體式的藝術功能，遠非梁陳詩人所能企望，但鮑照以至梁陳詩人在這條道路上開闢草萊的功績是客觀存在的。

二　律絶的胎孕誕育

齊梁之際，在詩人們長期追求下，一般都擅長了辭句的整對和精研，加以四聲的一旦明確，於是詩壇上產生了所謂的新變體，如《梁書·庾肩吾傳》所述：「齊永明中，文士王融、謝朓、沈約，文章始用四聲，以爲『新變』，至是轉拘聲韻，彌尚靡麗，復逾於往時。」新變體詩的特點，在篇幅

精簡的一首八句中，講求音節的諧美，再適應當時盛行的修辭之風，在語言上力求精美清新，並講求辭面的屬對。因此，它所呈現的藝術風貌，與魏晉以來的古詩顯然有別。新變體詩在藝術形式上的這些特徵，也就是後來律詩的藝術形式的重要特徵，不過這以後的一段時期中，詩人們還在前進探索，尚未能確定出一定的準則。當時詩人如沈約、王融、謝朓等都曾在這方面作過不少的努力，而謝朓以其才華的清美及創作的豐富，貢獻尤爲巨大。

在謝朓的全部五言詩一百三十多首中，新變體詩占三分之一以上。這些詩篇，都已具有五言律詩的雛形，衹是有用仄聲作韻的，句和篇的聲律還不確定。儘管他的這些詩篇在聲律上還表現得很混亂，但也可看到已漸有了些眉目。如其《離夜》一首：

玉繩隱高樹，斜漢耿層臺，離堂華燭盡，別幌清琴哀。翻潮尚知恨，客思渺難裁，山川不可盡，況乃故人杯。

這首詩的四聯，其中除了「高」、「知」二字應仄而平外，就每一聯看來，聲律都幾乎合格了，衹是各聯之間未能粘着。又如《奉和隋王殿下》第十四首：

分悲玉瑟斷，別緒金樽傾，風入芳帷散，缸華蘭殿明。想折中園草，共知千里情，行雲故鄉色，贈此一離聲。

這首前後兩半在聲律上各自構成一套形式，從整篇律詩的形式看來是不合的，但其前後每段的聲律則完全與律詩相合，衹是第七句的「鄉」應仄而平，假如將其任何一段的聲律形式與另一段換成一致的，便是一首聲律完美的五言律詩了。又如其前題第十五首：

年華豫已滌，夜艾賞方融，新萍時合水，弱草未勝風。閨幽瑟易響，臺迥月難中，春物廣餘照，蘭萱佩未窮。

這首詩除了第三四兩句外，整篇的聲律都是與律詩合的，幾乎是一首完整的律詩了。就是那兩句，作爲律詩的一聯來看，聲律也還是合式的。所有謝朓的新變體詩，以律詩形式的標準來衡量，其中許多都已步到接近成熟的邊緣，即可作爲律詩形式完成過程中的雛型看待，沒有這些雛型是無由獲得最後定型的。

以後梁陳兩代，許多著名詩人如蕭綱、庾肩吾、徐陵、江總以及後來淪落北朝的庾信等，都有大量的新變體詩，在聲律上呈現的現象異常紛紜。而從每句和每聯的聲律基本都合這點看來，他們對聲律的掌握已很精審，甚至在他們大量的新變體詩中，都多少有幾首完全合律的作品，而所以還那樣紛紜異狀，正是他們有意從多方面探索的自然表現，衹不過還不能確定一種標準的格式。試看下録幾首：

歲序已雲殫，春心不自安，聊開柏葉酒，試奠五辛盤。金薄圖神燕，朱泥却鬼丸，梅花應

可折，倩爲雪中看。（庾肩吾：《歲盡應令》）

昔有北山北，今來東海東。納涼高樹下，直坐落花中。狹徑長無跡，茅齋本自空。提琴就竹筱，酌酒勸梧桐。（徐陵：《內園逐涼》）

舟子夜離家，開舲望月華。山明疑有雪，岸白不關沙。天漢看珠蚌，星橋視桂花。灰飛重暈闕，蓂落獨輪斜。（庾信：《舟中望月》）

春夜芳時晚，幽庭野氣深。山疑刻削意，樹接縱横陰。户對忘憂草，池驚旅浴禽。樽中良得性，物外知餘心。（江總：《春夜山庭》）

這些都是藝術形式已經達到成熟境地的五言律詩了，但它們都還雜在各式各樣不成熟的作品中，尚未被辨明確定下來。這樣一層薄紙的間隔，要把它戳破，今天看來是非常輕而易舉的事，而在當時是很不簡單的，直到初唐，才在許多詩人的審酌下得到正式的肯定。

詩體的律化，首先是在五言體上進行的，因爲這一時期五言詩已達到成熟程度。至於七言體，由於這一時期還在發展階段，詩人們對於七言詩的藝術形式掌握運用得還不熟練，也不可能向七言律的藝術形式去探步。這時衹有庾信的一首《烏夜啼》還值得注意：

促柱繁弦非子夜，歌聲舞態異前溪。御史府中何處宿，洛陽城頭那得棲。彈琴蜀郡卓家女，織錦秦川竇氏妻。詎不自驚長泪落，到頭啼烏恒夜啼。

《烏夜啼》是樂府題，有人寫的是七言四句，衹有蕭綱和庾信的兩首是七言八句，庾信的這首當是在梁朝時與蕭綱同作的。蕭綱的那首聲律很亂，庾信的這首衹是一二兩聯未粘，形式上大致符合律詩的要求。但是庾信的這首整篇氣勢鬆緩，篇章結構不緊，距唐人七律的藝術風格還差得遠，這衹待唐人依據五律的藝術形式條件，在肯定五律的基礎上，再進行創造了。

至於絶句，那些從東晉到南朝的民歌，都已是風格清新的五絶，衹是在聲律上純任自然，不合繩檢罷了。由於篇幅短小，宜於表達片段的情趣，藝術形式也易於掌握，從晉代以來，文人都多少寫過一些，但藝術境界不高。首先在五絶上表現出卓越成就的還是謝朓，試看下舉二首：

佳期期未歸，望望下鳴機。徘徊東陌上，月出行人稀。（《同王主簿有所思》）

夕殿下珠簾，流螢飛復息。長夜縫羅衣，思君此何極！（《玉階怨》）

以極精約的語言，構造出一片悽寂深永的意象，在藝術風格上已達到唐人這一詩體的高境，衹是上下兩聯都未粘着，仍應看作古絶。後來庾信寫下了大量的五絶，如：

秦關望楚路，灞岸想江潭。幾人應落泪，看君馬向南。（《和侃法師三絶》第一首）

陽關萬里道，不見一人歸。惟有河邊雁，秋來南向飛。（《重別周尚書二首》第一首）

這是他流落北方後思念故國之情的抒發，風格沉鬱，意緒悲涼，和謝朓所作雖然風貌迥異，都可看作這一體式的藝術典範，而庾作在聲律上則已成熟，嚴然是唐人的律絶了。

再談到七絶，很早在民歌民謡中已可看到一些七言四句的，但語言都樸拙枯澀。梁代君臣唱和寫下《烏棲曲》多首，雖都是七言四句，也有一定的文采情致，但有些是用仄聲韻，而且也有兩句換韻的，都遠不合七絶的藝術形式的要求，聲律也都不合轍。這一體式，這時還没有可觀的，乃是這期詩人留待唐人自行開闢的一片荒域。

第三節　齊梁之際的詩人

一　謝朓

謝朓（四六四—四九九），字玄暉，陳郡陽夏（今河南省太康縣）人。他的高祖父謝據爲謝安之兄，祖、父輩皆爲劉宋王朝所親重，母爲宋文帝之女長城公主。謝朓家世既貴重，而少即好學，有美名，故曾歷居蕭齊的藩王和朝廷的重要文書職位，也曾作過宣城太守（故後人常稱他爲謝宣城），最後任尚書吏部郎，因拒絶參加朝廷大臣和藩王所醖釀的政變，反被誣陷殺害。

齊武帝永明年間，竟陵王蕭子良愛好文士，當時有名的文人王融、謝朓、任昉、沈約、陸倕、范雲、蕭琛、蕭衍等俱被招納於門下，時人稱爲「竟陵八友」。其中任昉以工於文筆著稱，而謝朓和沈約的詩名最重。但沈約遠不及謝朓成就之高，沈約也佩服謝朓五言詩，他稱讚説：「二百年來無此詩也。」確實的，在齊梁這一時期，謝朓應是最優秀的詩人。

謝朓詩的思想感情，大致不外是：身世的憂懼，故鄉的懷念，清静生活的追求，朋友歡會的期望。這許多種的思想感情，常是相互聯繫着産生而交織在詩篇中的。在其中我們可看到當時統治階級内部的矛盾及詩人清美的情趣。

謝朓詩的卓越的藝術表現，在於對山水及一切自然界物象的描寫。他有幾篇游賞山水而寫的詩，整個的風格——其中包括感情的抒寫，山水景物的刻繪，以及語言的運用，顯然是有意追隨謝靈運而作的，從其《遊敬亭山》即可見一斑：

> 兹山亘百里，合沓與雲齊，隱淪既已託，靈異居然棲。上干蔽白日，下屬帶回溪，交藤荒且蔓，樛枝聳復低，獨鶴方朝唳，饑鼯此夜啼，渫雲已漫漫，夕雨亦淒淒。我行雖紆阻，兼得尋幽蹊，緣源殊未極，歸徑窅如迷，要欲追奇趣，即此凌丹梯，皇恩竟已矣，兹理庶無違。

此外還有《遊山》、《將遊湘水尋句溪》，我們讀這類作品時，如同重見謝靈運的面貌。在這裏我們可看到小謝與大謝的繼承關係。

但是，謝朓詩的藝術價值，自有其卓然異於謝靈運的，乃是他在許多對於山水自然景物的描

寫中，滲透着他自己的人生感情，不似謝靈運之把筆力主要用在對山水自然景物作客觀的摹繪上。試看下面這首作品：

大江流日夜，客心悲未央，徒念關山近，終知返路長。秋河曙耿耿，寒渚夜蒼蒼。引領見京室，宮雉正相望，金波麗鳷鵲，玉繩低建章。驅車鼎門外，思見昭丘陽，馳暉不可接，何況隔兩鄉，風雲有鳥路，江漢限無梁。常恐鷹隼擊，時菊委嚴霜，寄言罻羅者，寥廓已高翔。（《暫使下都夜發新林至京邑贈西府同僚》）

這首詩爲從西府荆州調回都城時作。當時謝朓在荆州（永明八年後）爲隨王蕭子隆的文學，頗爲子隆所愛賞，荆州長史王秀之忌其與子隆親密，暗告齊武帝將其調回都城。詩人在這裏主要的抒寫其别去荆州同僚的悲感，僅於末端轉而表示免脱迫害的慰幸。詩的發端「大江流日夜」是他的名句之一，它的作用，乃是作爲無窮盡的離别悲愁的起興，所以接着一句是「客心悲未央」，這樣，前一句所描寫的茫然無盡的眼前自然景象，乃是作者帶着悲愁的心情所感受到的，其中即融有詩人的主觀情緒。又如「秋河曙耿耿，寒渚夜蒼蒼」，給人以濃厚的寂静夜景的實感，但它們的作用，在顯示作者因悲愁縈懷及關切旅程而未睡眠的情景。至如他的爲人稱道的名句「餘霞散成綺，澄江静如練」（《晚登三山望京邑》），「天際識歸舟，雲中辨江樹」（《之宣城郡出新林浦向板橋》），這樣優美的畫面，都是有襯託或激發作者主觀感情的作用的。

不僅是山水，就是一切自然界的物象，也在謝朓清麗的筆下，呈現出異常生動新鮮的狀貌，如「日華川上動，風光草際浮」（《和徐都曹出新亭渚》），「紅藥當階翻，蒼苔依砌上」（《直中書省》），使讀者極真切地感到時節的妍美光華。

謝朓是與沈約、王融等開始運用聲律入詩的人，他的詩音節都很諧暢，語言亦爲了表達出感情或物狀的真實而力求明切清新，因此，他的詩獨具有一種清秀俊美的風格。李白曾認爲「自從建安來，綺麗不足珍」（《古風》第一首），而對謝朓則佩服備至，一再説「蓬萊文章建安骨，中間小謝又清發」（《宣州謝朓樓餞别校書叔雲》），「解道澄江淨如練，令人長憶謝玄暉」（《金陵城西樓月下吟》）。李白的名句「清水出芙蓉，天然去雕飾」（《經亂離後天恩流夜郎憶舊遊書懷贈江夏韋太守良宰》），實可作爲李白對自己詩的一種風格的自讚，我們也可用以形容謝朓詩的風格。

二　沈約

沈約（四四〇—五一三），字休文，是齊梁之際文名極盛的作家。他曾經歷宋、齊、梁三朝。他之所以負一時文壇盛名，主要因其政治地位崇高，尤其在他奉承蕭衍篡奪了齊政權後，成爲開國元勳，當時朝廷詔策及郊廟樂章，都出自他的手筆。他的生活年歲也較長。他的作品，包括各體

文章及詩歌，在當時作家中是數量最豐富的。但現在看他的作品，其中大量的詔策和郊廟樂章，都是爲統治者妝點門面的東西，雖是辭藻典麗，了無價值可言。他的詩歌，很多擬古樂府的作品，這是從魏晉以來文人詩歌創作中很普遍的現象。但當時一般文人這類的作品，都因缺乏現實生活內容，而一味講求辭藻的密麗，所以古樂府民歌的精神喪失殆盡，沈約的這類作品也不例外。他的五言詩中，有很多是陪侍帝王遊宴時奉命而作，內容自不免平庸。唯有少數寫山水景物的，頗有佳句；及表達朋友間離別生死之感的，情意悱惻動人。下舉二詩，各可爲其一種的代表：

夙齡愛遠壑，晚莅見奇山。標峯彩虹外，置嶺白雲間。傾壁忽斜豎，絶頂復孤圜。歸海流漫漫，出浦水濺濺。野棠開未落，山櫻發欲然。忘歸屬蘭杜，懷禄寄芳荃，眷言採三秀，徘徊望九仙。（《早發定山》）

生平少年日，分手易前期，及爾同衰暮，非復别離時。勿言一樽酒，明日難重持，夢中不識路，何以慰相思！（《别范安成》）

前首寫出峯嶺的奇秀之狀，及廣大自然界的鮮美生趣，頗能給讀者以清新的藝術美感。後首於簡短的八句中，極概括地道出朋友間的離合多端，及對過去、現在以及將來的人事的深重感慨。「勿言一樽酒，明日難重持」亦即唐代詩人王維名句「勸君更進一杯酒，西出陽關無故人」的藍本。末二句以新奇的設想，預計别後相思之苦，顯示出的友情至爲深厚，耐人尋味無盡。這首詩辭意樸厚明朗，脱除了當時組織工麗的風習，實是當時難得的一首抒情佳制。沈德潛在《古詩源》中評此首云：「一片真氣流出，句句轉，字字厚，去『十九首』不遠。」實非過譽。他又在《説詩晬語》中説沈約「短章略存古體」，本詩即足證明其這一看法。他抒寫友情的作品，還有一組《懷舊詩》九首，每首傷悼一個逝去的朋友，也可視作杜甫的《八哀詩》所祖法的前例。其中如《傷謝朓》一首，正因所傷悼的對方在當時確是卓越不凡，所以寫來情辭警拔，極稱合謝朓的生平。茲録其本詩於下：

吏部信才傑，文峯振奇響，調與金石諧，思逐風雲上。豈言陵霜質，忽隨人事往，尺璧爾何冤！一旦同丘壤。

沈約在當時所主張的「四聲」、「八病」之説，開始在文學作品中有意識地組織音調，在完成文學的藝術形式美的條件上是有其不可磨滅的功績的。其「八病」乃是從如何避免使音節失諧中總結出的經驗，由於那些都是嶄新的法則，當時大家都還未能習慣熟練，確使人在創作上多所拘忌，即他自己亦難於完全遵循，但那些到後來都是唐人寫作律詩所必注意，簡直是「閭里已具」的了。

三　江淹

江淹（四四四—五〇五），字文通，是齊梁之際較優秀的作家，生平創作數量之多僅次於沈約。

他也曾經歷宋、齊、梁三朝。他少時孤貧，早歲在仕途中曾遭受誣枉壓抑，中年以後官運漸亨通。梁初，因在齊、梁之際政變中有功，封爲醴陵侯。他的文學創作極大多數成於早中年的宋、齊時代，晚年因世故已深，在人事上祇圖保守，故文學創作亦極少，這就是《梁書·江淹傳》所以說他「晚節才思微退，時人皆謂之才盡」的。

他在詩歌創作上「善於摹擬」，這已在當時爲鍾嶸指出過。因此，他的詩歌表現，也如鍾嶸所評「詩體總雜」，未能在學習融會前人所長的基礎上形成自己的特點。他的《雜體詩三十首》，全是摹擬前人的作品。他把從漢至宋歷代名家，依其各自的風格特點一一加以仿製，其方法是襲取各家詩作中特有的情調，並運以各自常用的辭藻及表現手法，故其擬作常能大致得原作形似。如其《陶徵君潛田居》首：

> 種苗在東皋，苗生滿阡陌。雖有荷鋤倦，濁酒聊自適。日暮巾柴車，路暗光已夕。歸人望煙火，稚子候檐隙。問君亦何爲？百年會有役。但願桑麻成，蠶月得紡績。素心正如此，開徑望三益。

這首詩的意味幾與陶淵明的作品無二致，如置之陶集中，簡直可以亂真。他之摹擬衆製，在其這組詩的序言中曾有所表白，大意謂各個時代的作家，各有其可取的藝術特點，他之摹仿他們，即在一一揭示出他們各自的藝術風貌，兼明其時代演變之跡。

另外他還有《效阮公詩十五首》，大致爲感慨人事的變化難憑，及表明自己的志氣所在，語意亦頗繁雜恍惚，大類阮籍《詠懷》之作。據《梁書·江淹傳》說，他隨宋建平王劉景素在荆州時，景素因少帝政亂，謀發動軍事，江淹曾極力勸阻，未被採納。後又隨景素移鎮京口，「景素與腹心日夜謀議。淹知禍機將發，乃贈詩十五首以諷焉」。這一組《效阮公詩十五首》，當即是寫示劉景素的。因景素謀議之事至爲隱秘，難於顯言，故寫來也如阮籍《詠懷》那樣，意旨隱晦曲折，反覆零亂。陳沆的《詩比興箋》曾取其中九首加以箋釋，或云「規建平誤聽小人之言」，或云「陳禍福之無常，成敗之不測，富貴之難保，以諷建平也」，或云「策建平之必敗，而思以去就爭之也」，皆據當時情勢而逆測其詩中興寄所在，其推論當是可信的。因此，這一組詩，從詩題看來雖是擬作，但確是作者從其政治處境中激發出，並非無意義的單純摹擬。

他還有兩篇著名的作品《恨賦》和《別賦》，在藝術表現方法上頗有創造性，當於另章中論到。

第四節　梁陳之際的詩人

一　何遜

何遜（？—五一八），字仲言，東海郯人。他出身於世代官僚的家庭，曾歷任梁朝藩王的參軍、記室及尚書水部郎等職。他早歲即以詩文博得前輩范雲的稱賞，沈約亦曾當面讚嘆他說：「吾

每讀卿詩，一日三復，猶不能已。」他的詩風頗與謝朓相近，其内容大多是朋友離合及羈旅思歸之感，寫來頗能婉轉切情。他在自然景物的描繪上尤爲精妙，直可媲美二謝而無遜色。從下面幾首詩即可見其大略：

歷稔共追隨，一旦辭羣匹，復如東注水，未有西歸日。夜雨滴空階，曉燈暗離室，相悲各罷酒，何時更促膝！（《臨行與故遊夜别》）

居人行轉軾，客子暫維舟，念此一筵笑，分爲兩地愁。露濕寒塘草，月映清淮流，方抱新離恨，獨守故園秋。（《與胡新安夜别》）

暮煙起遥岸，斜日照安流，一同心賞夕，暫解去鄉憂。野岸平沙合，連山遠霧浮，客悲不自已，江上望歸舟。（《慈姥磯》）

尋常情事，眼前景物，以明淨語言，信手寫來，皆自然清新。其中寫景諸聯，意象精工，已達唐人五言律句的高境。《慈姥磯》一首，在形式上，除了首聯的聲律不合外，所有各個方面及表現方法上儼然已是一首成功的律詩。在《何記室集》中，寫景的佳句所在皆是，如「林密户稍陰，草滋階欲暗，風光蕊上輕，日色花中亂」（《酬范記室雲》）、「風聲動密竹，水影漾長橋」（《夕望江橋示蕭諮議楊建康江主簿》）、「薄雲岩際出，初月波中上」（《入西塞示南府同僚》），其中「輕」、「亂」、「動」、「漾」、「出」、「上」諸字，俱見作者在寫景上刻意狀物的精工。這些語言上的技巧，都是唐代詩人向前人學習藉鑒的一個方面。又如「岸花臨水發，江燕繞檣飛」（《贈諸舊游》）、「游魚亂水葉，輕燕逐風花」（《贈王左丞》），這類體物細貼的句法，頗多爲杜甫所吸取，在杜甫集中，我們可常看到與此風格類似的句子。所以杜甫也曾稱道「能詩何水部」（《北鄰》），並自表白「頗學陰何苦用心」（《解悶十二首》之七）。

二　吴均

吴均（四六九—五二〇），字叔庠，吴興故鄣人。他出身於寒賤家庭，仕途上很不得意，這是在當時文人中較特殊的。他有誌於歷史著述，曾撰《齊春秋》，因忠於史實而觸怒梁武帝，受到焚書免職的懲罰。他還著有《續齊諧記》，也是這時誌怪小説中較優秀的一部。《梁書》本傳説他「文體清拔有古氣，好事者或效之，謂爲吴均體」。他的寫景小品文如《與顧章書》、《與宋元思書》等，最足顯示其清拔的風格特點。

由於他的出身寒賤，他的一部分詩歌所表達的感情，在當時詩人中也很不尋常，具有當時詩人少有的一種風雲之氣。試看下面兩首：

劍頭利如芒，恒持照眼光，鐵騎追驍虜，金羈討黠羌。高秋八九月，胡地早風霜，男兒不

惜死，破膽與君嘗。（《胡無人行》）

雜虜寇銅鞮，徵役去三齊，扶山剪疏勒，傍海掃沈黎。劍光夜揮電，馬汗晝成泥，何當見天子，畫地取關西。（《古意七首》第一首）

詩中一致地表現出許身爲國凌厲直前的高昂氣概。在《吴朝請集》中，這類作品還很多，如《戰城南》、《入關》、《從軍行》、《邊城將四首》等篇皆是。在詩風靡弱的梁代，能够聽到這樣健壯的音響，確能使人耳目爲之一振，這正吐露了出身寒賤的詩人，亟思奮發有爲的心聲。這類作品的情味，頗與鮑照的《代出自薊北門行》等篇相類似，當由於他們的身世相近之故。不過由於時代風氣不同，鮑詩氣勢疏宕，尚存漢魏樂府餘風；而吴作辭意密整，漸具唐人律詩體貌。吴均還有《行路難》五首，抒寫其人生感慨及願望，也是鮑照《行路難十八首》的餘響。

吴均的用世之志，還從其他方面多所表露，如其《寶劍》篇，於描寫了寶劍材質的精良之後說：「寄語張公子，何當來見携。」很顯然的，這具精良的寶劍，就是作者對於自己才能的寓託。非常的利器，總是希望獲得鑒賞而發揮其卓異的功用的。正由於作者家世寒微，故能有此朝氣。更如其《贈王桂陽》：

松生數寸時，遂爲草所没，未見籠雲心，誰知負霜骨！弱干可摧殘，纖莖易凌忽。何當數千尺，爲君復明月。

所抒寫的身世之感，尤爲深沉。這確是一個懷抱美質，因出身卑微而難於顯達的詩人的自我寫照。由於出身卑微，在政治上遭受打擊，所以其失志不遇之慨，也常隨處觸發。如云「明哲遂無賞，文華空見沉，古來非一日，無事更勞心」（《發湘州贈親故别三首》第一首），「懷金無人别，抱玉遂成非，安得久留滯，商山饒白薇」（同上第二首）。在這類個人的不平情緒中，也反映了當時現實的黑暗。

吴均還有一首常爲人所傳誦的寫景小詩：

山際見來煙，竹中窺落日，鳥向檐上飛，雲從窗裏出。（《山中雜詩三首》第一首）

以單純白描的手法，展示出一片山居的晚暮景象，儼然是一幅絶妙的寫生畫。唐代詩人王維《輞川集》中許多單純寫景的小詩，當以此爲先導。

三　梁陳其他詩人

從梁以至陳代，詩風更是卑下，勉强可以提出的，衹有陰鏗和徐陵。

陰鏗（生卒年不詳），字子堅，武威人。他曾仕梁陳兩代，在陳作到晉陵太守、員外散騎常侍。他在詩壇上常被與何遜並稱「陰何」，如杜甫曾説自己「頗學陰何苦用心」，又稱李白「李侯有佳

句，往往似陰鏗」，這是就他工於琢句而言。在這點上他和何遜有共同處，但其詩篇的風格，遠不及何遜的諧暢宜人，因其在專致力於寫景中缺乏動人的情致，致未能更高地發揮寫景的藝術作用。即其寫景佳句，無論在數量或質量上都不能與何遜相比。所以陰何並稱，張溥即曾表示懷疑。（見《漢魏六朝百三家集何記室集題辭》）如下録《開善寺》一首可算是其較好的作品：

> 鷲嶺春光遍，王城野望通，登臨情不極，蕭散趣無窮。鶯隨入户樹，花逐下山風，棟裏歸雲白，窗外落暉紅。古石何年臥，枯樹幾春空，淹留惜未及，幽桂在芳叢。

我們還可從他的許多篇中拈出一些佳句，如「寒田獲裏靜，野日燒中昏」（《和侯司空登樓望鄉》），「潮落猶如蓋，雲昏不作峯」（《晚出新亭》），「夾篠澄新淥，含風結細漪」（《經豐城劍池》）。這些確顯示出作者體物的深具匠心，在使用語言的技巧上值得後人學習。但他很少令人滿意的篇章，其工夫衹在善於單純地雕琢寫景之句而已。

徐陵（五〇七—五八三），字孝穆，東海郯人。他曾歷任梁陳兩代，在陳代仕至尚書左僕射、左光禄大夫、太子少傅。他早年與父摛和庾肩吾及其子信，並出入梁太子蕭綱的門下，共同扇揚了腐臭的宮體詩風。入陳以後，他曾被稱爲「一代文宗」，乃如《陳書》本傳所説「緝裁巧密，多有新意」，「自有陳創業，文檄軍書，及禪授詔策，皆陵所制。而《九錫》尤美」。他就是以巧密的辭藻，創造性地爲統治者盡到了妝點粉飾的能事。就他現存的詩篇看來，其中很多是與梁太子蕭綱唱和之作。

這些作品，脱離生活，徒事華辭，正典型地體現了當時靡麗的詩風。他的五言詩，在形式上都清麗整密，更接近了唐人五律所要求的藝術風格；他的《關山月二首》和李白的《關山月》，在取材和用意上頗有類似之處；他的一首《雜曲》，以較長的篇幅，四句換韻，用韻平仄相間，也具備了初唐七言歌行的體格。這許多事實表明，在詩歌由六朝向唐代過渡中，徐陵也有着顆粒的貢獻的。

蕭綱爲了替他腐朽的宮體詩製作找尋根據，以宣揚淫靡詩風，乃令徐陵編纂《玉臺新詠》。自漢代起，至於梁代，凡略微涉及女性的詩篇，都被網羅於其中。許多前代珍貴的珠玉，都與當時腐臭的泥土混積在一堆裏。不過，《古詩爲焦仲卿妻作》是首先在這部書中和我們見面的，它保存了這篇卓越的民歌，使之從此獲得書面的流傳，這一功績也是不小的。

此外還有張正見和江總，也是當時詩歌創作在數量上較多的。他們的創作，衹是一般地體現了當時浮靡的詩風，並無卓越可道之處。對於張正見早就有「雖多奚爲」的譏誚（見《漢魏六朝百三家集張散騎集題辭》）。江總以執政大臣，不恤國事，一味以詩文爲統治者宮廷淫樂助興，終致國家滅亡，實是文人最卑鄙的典型。他的詩文都輕艷無實，唯七言歌行較多，其中《宛轉歌》篇幅之長，更是前所未有，顯示了七言歌行體的進一步發展興盛。

第六章　北朝文壇的異象

第一節　北朝文學的發展趨勢

自永嘉之亂以後，廣大的北方地區，進入長期的種族殘殺恐怖中。隨着經濟的慘遭破壞，文化亦嚴重低落。魏晉之間已經繁茂的文學根株，被逃亡的士大夫移植到江南而繼續開花結實，北方文壇遂形成一片荒蕪。《北史·文苑傳序》中曾敘出這種情況：

> 既而中州板蕩，戎狄交侵，僭僞相屬，生靈塗炭，故文章黜焉。其能潛思於戰爭之間，揮翰於鋒鏑之下，亦有時而間出矣。若乃魯征……之儔，……皆迫於倉卒，牽於戰陣，章奏符檄，則粲然可觀，體物緣情，則寂寥於世，非其才有優劣，時運然也。

到了四三九年拓跋魏統一北方，北方社會逐漸安定下來，後來孝文帝拓跋宏於四九四年由平城遷都洛陽，力行漢化，文學上也漸有起色，於是在這前後產生了一些在北方較著名的文人如高允、温子昇、邢邵、魏收等。他們中除高允時代稍早，其餘三人所處時代相當於南朝的齊、梁之際。《隋書·文學傳序》曾把温、邢、魏三人與江淹、沈約、任昉等並舉，以形容當時南北文學的盛況。然雖撇開温等寥寥不足道的詩歌不談，即他們所有的應世文章，比之江淹等人，在數量和質量上也都遠遠不如。

但從高、温等人的文章中可看到如下情況：他們的文章仍是沿着魏晉文人的創作道路前進的，不過因在里程上落後較遠，加上北方社會風習的影響，還未達到南朝文學的靡麗程度。《北齊書·魏收傳》曾載有這個故事：

> 收每議陋邢邵文。邵又云：「江南任昉，文體本疏，魏收非直模擬，亦大偷竊。」收聞乃曰：「伊常於沈約集中作賊，何意道我偷任昉。」

他們二人的互相揭發，實即互相指出了彼此創作的愛好趨向，雖然各自的對象不同，總之是屬於南朝的。更看他們的應世作品，雖同是整篇駢儷，然高允的《矯頽俗疏》、《諫起宮室疏》等，温子昇的《答齊神武敕》、《爲廣陽王淵上書》等，都是據事直書，不假典實，還略存魏晉風概。而稍後的魏收，所作《爲侯景叛移梁朝文》及《爲東魏檄梁文》，則覺浮辭連篇，進入齊梁格調了。

從高、温等人的全部文學作品看來，他們的詩歌最無足觀，這正反映了當時北方樸質的社會風尚所造成的實用的文學傾向。《北史·文苑傳序》曾對這一問題作過明確的闡釋：

> 暨永明（南齊武帝年號）天監（梁武帝年號）之際，太和（魏孝武帝年號）天保（北齊文宣帝年號）之間，洛陽江左，文雅尤盛。彼此好尚，雅有異同。江左宮商發越，貴於清綺；河朔詞義貞剛，重乎氣質。氣質則理勝其詞，清綺則文過其意。理深者便於時用，文華者宜於詠歌，

此其南北詞人得失之大較也。

這段話一方面準確地闡明了南北文風的特異之點，同時也給我們啓示了各自特點所以形成的根源。當時在異族的殘酷統治下，餘留在北方的中小地主階級和人民，其生活必然趨向艱苦樸實，因而形成樸實的社會風尚。所謂「詞義貞剛」、「重氣質」，正是樸實的社會風尚在文學創作上的表現。樸實的社會風尚，自然會要求文學創作切實地用於事理的敍説，因此乃「理勝其詞」，而形成「詞義貞剛」的風格面貌，而對於清綺的詠歌，自然認爲無益時用了。因此，在這一時期，産生了風格樸素的散文著作《水經注》和《洛陽伽藍記》，是很自然的。但由於當時在文化各方面遠遠落後的北朝，正在努力向先進的南朝追趕，在文學方面也逐漸朝着南朝的方向前進；所以就在這兩部風格樸素的散文著作中，每當着重描寫景物時，匀整的句法，清麗的辭藻，仍常隨處溢出作者的筆下，顯示出當時文章駢化的時代風氣及前進的趨勢。

北朝進至周齊時期，經過前代長期的提倡培育，文壇上已呈繁榮景象，後來進入隋代的名作家盧思道、薛道衡等，都是這時成長起來的。及宇文氏平江陵，南朝文人大量北來，其中如庾信、王褒以其文名之高，受到北朝統治者的特殊重視，成爲北方文壇上的泰鬥。而庾信藉其素具的卓越藝術才能，以詩賦抒發其對故國的深重懷念，寫出大量風格沉鬱雄健的作品，發射出爲南朝文人所不能仰視的强烈光輝。

廣大的北方人民，以其樸質剛健的聲調，廣泛地歌唱了他們在鬥爭中的生活情緒，給我們留下不少的歌辭。這些民歌，雖然在數量上遠不能和南朝的相比，但它們所具有的豐富深刻的現實主義精神，及樸質剛勁的藝術特點，直可與漢代樂府民歌媲美，而成爲北朝文壇上的一個勝場。

第二節　《水經注》與《洛陽伽藍記》

一　《水經注》

《水經注》爲北魏酈道元所著。酈道元（？—五二七），字善長，范陽涿鹿人。仕魏至御史中尉，因奉使關中，爲叛將蕭寶夤所圍攻而戰死。

《水經》的作者，《唐書·藝文志》題爲桑欽。桑欽是西漢成帝時人。但據清代紀昀考證，《水經》並非桑欽所著，其作者大概是三國時人。《水經注》雖是以《水經》爲本的一部注釋書，但它確是一部系統完整的學術著作，也是一部藝術豐美的文學作品。

《水經》原著祇是極概略地敍述我國古代一百三十七條水道的源流及其所經過的郡縣。《水經注》則以《水經》爲綱，更將各水的支流極詳備地注出，增加了一千二百五十二條。酈道元在《水經注》中，除了指明每條水的源流方向，並極詳細地記載各水所經過的地域，隨而説明古今地名

的沿革，也常糾正其前人地理著作中的某些錯誤，在我國古代地理學上有很重要的參考價值。作者也還把一切與山川地方有關的歷史事跡及神話傳說，一一隨處詳加記述，使易於令人感到枯燥的地理記載，具有生動豐富的歷史意義及故事趣味。此外，作者爲了説明地理環境、道途遠近、名稱沿革及有關的歷史事跡和神話傳説等，所引用的古代著作非常繁富。所以就學術而言，它所包羅的方面是很豐富廣博的。

從文學創作的意義言，《水經注》的價值，主要在於對大自然風景的描寫。在作者峻潔的文筆下，祖國無數瑰偉奇秀的山川，各自獨具的美的姿貌，似寫生畫幅般地展示在我們眼前。如其《河水注》中對於「砥柱」的描寫：

> 河水翼岸夾山，巍峯峻舉，羣山疊秀，重嶺干霄。鄭玄案：「《地説》：『河水東流，貫砥柱，觸閼流。』今世所謂砥柱者，蓋乃閼流也。砥柱當在西河，未詳也。」余案：鄭玄所説非是，西河當無山以擬之。自砥柱以下，五户以上，其間百二十里，河中竦石桀出，勢連襄陸，蓋亦禹鑿以通河，疑此閼流也。其山雖辟，尚梗湍流，激石雲洄，澴波怒溢，合有十九灘。水流迅急，勢同三峽，破害舟船，自古所患。

這裏所寫的乃是黃河三門峽的景況，就在這段簡短的勾繪中，使我們儼如面臨一片驚險的山河實境。作者在下面還歷述了從西漢末到西晉初這段時間内，雖經過多次人和河流的鬥爭，但人們終未克服這一自然地勢的險難。今天，三門峽正在經歷開天辟地以來的最巨大變化，它將由歷代人們的巨害變化成爲社會主義建設的巨利。我們讀到這段地理記載，益感到今天在黨的領導下人民力量之無比雄偉而自豪。

我們試看在《江水注》中所描繪的三峽景象：

> 自三峽七百里中，兩岸連山，略無闕處。重岩疊嶂，隱天蔽日，自非停午夜分，不見曦月。……冬春之時，則素湍緑潭，回清倒影。絶巘多生怪柏，懸泉瀑布，飛漱其間，清榮峻茂，良多趣味。每至晴初霜旦，林寒澗肅，常有高猿長嘯，屬引悽異，空谷傳響，哀轉久絶。故漁者歌曰：「巴東三峽巫峽長，猿鳴三聲泪沾裳。」

在這幅山川圖畫中，給讀者的感受是多麼幽深肅穆！但在《湘水注》中，我們覽到作者筆下衡山的畫幅：

> 山上有飛泉下注，下映青林，直注山下，望之若幅練在山矣。

這又是多麼光輝鮮媚啊！這樣對於祖國山川的藝術描繪，在其全部著作中隨處可以見到。作者以其對祖國山川熱情欣賞的態度，依據各地山川的具體形貌和精神特點，運用自己卓越的藝術修

養，加以如實精妙的涂染，使我們閲讀這部著作時，即可獲得對於祖國山川無窮盡的美的享受，從而激發對祖國廣大地域山川的熱愛向往。

《水經注》對於後代文學創作也是很有影響的。唐代大散文家柳宗元許多描寫山水的散文，是我國文學寶庫中的一類珍品，但我們從《水經注》中，可常發現他學習的藍本。如柳宗元的《至小丘西小石潭記》：

潭中魚可百許頭，皆若空游無所依。日光下徹，影布石上，佁然不動。俶爾遠逝，往來翕忽，似與遊者相樂。

我們早在《水經注》中可找到類似的描寫：

平潭清潔澄深，俯視游魚，類若乘空矣，所謂淵無潛鱗也。（卷二十二《洧水注》）

雖然柳宗元所描寫的魚的形象更爲豐富生動，但酈道元的示範作用是很顯然的。至於柳之以峻潔的筆鋒，刻劃出幽深奇峭的山水景象，也是酈所具有的一種藝術特點。

《水經注》在描寫山水的過程中，常記録着與山川有關的民謡，以增加山川的情趣。這些民謡，對於後來文學創作常有着滋潤作用。如杜甫的《秋興八首》第二首有句云「聽猿實下三聲泪」，即本之《江水注》中「漁者歌曰：巴東三峽巫峽長，猿鳴三聲泪沾裳。」又如《江水注》中，描寫黃牛灘後，引行人歌謡「朝發黃牛，暮宿黃牛，三朝三暮，黃牛如故」以形容江水繞過黃牛灘的紆回之甚。而李白的《上三峽》詩「三朝上黃牛，三暮行太遲，三朝又三暮，不覺鬢成絲」，就是運用《江水注》中行人歌謡的辭意，以抒寫他的旅途的艱澀之感的。

《水經注》中，有關山水地域的神話故事極爲豐富，這正是六朝時期志怪小説發達情況的一種反映。

二 《洛陽伽藍記》

《洛陽伽藍記》爲北魏楊衒之（楊或作陽、羊）所著。衒之爲北平人，曾官奉朝請、撫軍司馬、期城郡守、秘書監等職（俱見《四庫全書總目提要》）。其生卒年俱不可考，大約生活在六世紀的上半世紀。

《洛陽伽藍記》爲對洛陽城内外四十個大的佛寺建築的描述。作者在其序言中表明他著作的動機説：

至武定五年（五四七），歲在丁卯，余因行役，重覽洛陽。城郭崩毁，宫室傾覆，寺觀灰燼，廟塔丘墟。……農夫耕老，藝黍於雙闕。麥秀之感，非獨殷墟；黍離之悲，信哉周室。京城表裏，凡有一千餘寺，今日寥廓，鐘聲罕聞。恐後世無傳，故撰斯記。

從這裏我們知道：他的這部著作的寫作時間不早於五四七年，他著作的動機是激於洛陽的盛衰變化，從而寓託其重大的政治感情的。這部著作，在記寫各個佛寺的建築時，也連帶敍述與佛寺有關的歷史事件及統治貴族的生活實況，佛寺鄰近市里的社會俗情，及一切古跡文物，以至民間怪異傳説。作者以佛寺爲綱，串連着其他一切大小事物的記述，在於顯示國家盛衰的經由，表達其對洛陽舊日盛況的低徊懷念之情，因爲洛陽佛寺的盛衰，也標誌着洛陽和整個國家的盛衰。因此，這部著作的内容和它所顯示的客觀意義是很豐富的。

據本書序言所説，洛陽盛時，「凡有一千餘寺」，及書中所記各寺建築之宏麗，和統治貴族事佛者之衆多，可看出佛教在北魏時期的驚人盛況。從西晉以來，佛教即在中原廣泛傳開。在殘酷的種族鬥爭中，中原漢族人民痛苦地處在異族殘暴統治下無力反抗，同時也受了統治階級的影響，往往空幻地把美好希望寄託於來世，以求得暫時的精神安慰。而統治階級除了同樣爲了追求冥福，還把佛教當作一種馴服人民的工具，所謂「助王道之禁律，益仁智之善性」（北魏文成帝元濬《修復佛法詔》）。北魏從道武帝拓跋珪建國起，即崇信佛教，中雖經太武帝拓跋燾一度予以打擊，但後代隨即恢復並愈加發達，至孝明帝元詡之母胡太后深信佛教而至於極盛。當時一般統治貴族爲了迎合最高統治者的愛好，紛紛捨宅爲寺或捐資興建，因此乃形成洛陽佛寺的空前盛況。

這種盛況，也正體現了當時國家物力的殷實。

對於佛寺的建築，作者各依其具體的形狀，作了極爲精緻的真實描寫。如在《永寧寺》中關於寶塔的描寫：

中有九層佛圖一所，架木爲之，舉高九十丈；有刹復高十丈，合去地一千尺。去京師百里，已遥見之。……刹上有金寶瓶，容二十五石。寶瓶下有承露金盤三十重，周匝皆垂金鐸，復有鐵鏁四道，引刹向浮圖。四角鏁上亦有金鐸，鐸大小如一石瓮子。浮圖有九級，角角皆懸金鐸，合上下有一百二十鐸。浮圖有四面，面有三户六窗，户皆朱漆。扉上有五行金釘，其十二門二十四扇，合有五千四百枚。復有金環鋪首，殫土木之功，窮造形之巧。佛事精妙，不可思議。繡柱金鋪，駭人心目。至於高風永夜，寶鐸和鳴，鏗鏘之聲，聞及十餘里。

又如在《瑶光寺》中關於釣臺的描寫：

觀東有靈芸釣臺，纍木爲之，出於海中，去地二十丈。風生户牖，雲起梁棟，丹楹刻桷，圖寫列仙。刻石爲鯨魚，背負釣臺，既如從地湧出，又似空中飛下。

在這些明晰具體的描寫中，塔刹結構的宏偉，釣臺鯨魚形勢的瑰麗生動，歷歷如在眼前。從這類佛寺建築的描寫中，使我們感到，北魏統治階級在宗教迷信上窮奢極欲，不恤民力，達到如何

驚人的程度。另一方面，也嘆服於我國古代勞動人民在建築藝術上所顯示的偉大力量和卓越智慧。

作者之寫這部著作，因激於國勢盛衰之感，所以常因敘述與佛寺有關人物而連帶具載當時政治變故。如在《永寧寺》中，對於爾朱榮的變亂始末記得極爲詳盡，因這次變亂是北魏盛衰的關鍵。而作者的態度和感情，從對爾朱兆的痛憤斥責，也表現得極爲顯明。這類記載，因係作者親身見聞，具有重要的歷史價值，常被後代歷史家採入歷史著作中。其中記寫統治貴族們的腐朽生活情態，淋漓盡致，具有深刻的暴露意義。如在《法雲寺》中，連帶記述住在「王子坊」裏的河間王元琛，寫出他居處的豪侈，歌伎的精妙，飲食器用的珍異，並引元琛對章武王元融說：「不恨我不見石崇，恨石崇不見我！」元琛乃至要和晉代生活最豪侈的石崇競賽，令人可以想到他生活享受之如何縱侈無度。接着又連帶寫到元融：

> 融立性貪暴，志欲無限。……太后賜百官絹，任意自取，朝臣莫不稱力而去。唯融與陳留侯李崇負絹過任，蹶倒傷踝。

其貪鄙醜惡之狀，實足令人嗤鼻。

書中因記述人事常常徵引民謠，也保存下來當時不少的人民歌謠。這些民謠，表現了人民對統治階級尖銳的諷刺和强烈的鬥爭性。如在《秦太上君寺》中，記述到居住寺鄰近的貴族李延實作青州刺史，因而言及青州人民對貪吏採取强烈的報復手段，使得官吏深懷戒心，於是人民作出這樣謠語：「獄中無繫囚，舍內無青州，假令家道惡，腹中不懷愁。」從而可看到人民顯示出的鬥爭威力。

在記述佛寺鄰近市里時，也寫出都市社會生活的種種方面，如當時市里習俗，商人生活及著名産品等。尤以其中所記許多市里怪異之事，如《大統寺》中洛子淵託樊元寶寄家書，及《菩提寺》中沙門達多發塚得復活的死人崔涵，故事詭異，委曲動人，首尾自成片段。各個故事本身就是短篇的志怪小說。這些故事，也豐富了南北朝時期的志怪小說。

第三節 庾信及北朝其他詩人

一 庾信

庾信（五一三—五八一），字子山，南陽新野（今河南省新野縣）人。信早年仕於梁朝，文章與徐陵齊名，風格並極輕艷，當時稱爲「徐庾體」。信父名肩吾，陵父名摛，梁簡文帝蕭綱爲太子時，他們父子四人皆曾出入其門下，同是宮體詩的倡導者。梁武帝太清二年（五四八），東魏降將侯景反於壽春（今安徽省壽縣），次年攻陷建康（即今南京市），信奔於江陵。湘東王蕭繹於五五二年討

平侯景，即位於江陵，是爲元帝。元帝承聖二年（五五四），信奉使到西魏，適值西魏將出兵伐梁，即被扣留。不久梁亡，信遂仕於西魏及北周，官至驃騎大將軍開府儀同三司。當時北周統治貴族從君主以至諸王公也都愛好文學，信極爲他們所親重。及陳宣帝與北周通和，各放還對方在本境内的流寓之士，庾信及王褒因特被重視而未放回。庾信親身經歷建康及江陵的兩次敗亡，而流落異鄉，在北周雖官位高顯，而亡國之痛和羈旅之悲隨時在其詩賦中迸發出來，使得他這時的文學作品具有雄健蒼老的風格，這種風格，在文風綺靡的梁陳境域内是不可能産生的。杜甫在《戲爲六絶句》中説：「庾信文章老更成，凌雲健筆意縱横。」所以使庾信在南北朝作家中獲得重要地位的，乃是他後期羈留北方時的一部分作品，這些作品，都能充分地表達出他的沉痛的情緒，適合着這種情緒，其語言風格也是深沉老練的，儘管他在形式技巧上面講求更甚，尤其是運用典故繁多。

庾信現存的詩篇，多數是在北朝寫的。由於北朝許多統治貴族愛好文學，重視庾信，和他交往親密，他有不少和他們應酬的作品。那些應酬的作品，雖不是一味阿諛之辭，但意義總是不高的。祇有一些懷念故國之作，才是他肺腑至情的傾吐，具有一定的現實意義及感人的力量。他有《擬詠懷二十七首》是他的身世悲痛之情在詩中最集中的表現。整個這組詩的感情，與其一篇名著《哀江南賦》中所表達的是一致的。兹録數首於下：

俎豆非所習，帷幄復無謀。不言班定遠，應爲萬里侯。燕客思遼水，秦人望隴頭。倡家遭强聘，質子值仍留，自憐才智盡，空傷年鬢秋。

榆關斷音信，漢使絶經過。胡笳落泪曲，羌笛斷腸歌。纖腰減束素，别泪損横波。恨心終不歌，紅顔無復多。枯木期填海，青山望斷河。

摇落秋爲氣，淒涼多怨情。啼枯湘水竹，哭壞杞梁城。天亡遭憤戰，日蹙值愁兵。直虹朝映壘，長星夜落營。楚歌饒恨曲，南風多死聲。眼前一杯酒，誰論身後名！

周王逢鄭怒，楚後值秦冤。梯冲已鶴列，冀馬忽雲屯。武安檐瓦振，昆陽猛獸奔。流星夕照鏡，烽火夜燒原。古獄饒冤氣，空亭多枉魂。天道或可問，微兮不忍言。

倏忽市朝變，蒼茫人事非。避讒猶採葛，忘情遂食薇。愁懷正摇落，中心愴有違。獨憐生意盡，空驚槐樹衰。

就在這幾首詩中，我們可看到他如何追咎自己奉使無能而被强留，殷切固執地係情故國，痛念故國因失和鄰邦而致敗亡，以及國亡而身仕異朝的情緒之消沉。總之，從這些詩中，我們可感到他是如何固執地懷念故國及不能忘懷故國滅亡的經過，因而不時反覆零亂地發出充溢血泪的悲訴。

他的詩的形式上的特點乃是駢文化，這除了顯明地表現在辭句的屬對精密外，更重要的是盡多地

運用典故。由於他的學問豐贍，他善於用精約的語言，恰當地概括往古事實，比喻地表達自己的思想感情。在這種修辭的方法下，作者的感情顯得非常隱蔽曲折，讀者領會他的思想感情時，先須要抽象地理解那些典故的意義，自不如直接抒寫之更易感人，這乃是六朝文章駢化進一步發展的結果。但是，庾信的五言絶句，除前章所已舉出的外，還有如：

玉關道路遠，金陵信使疏。獨下千行泪，開君萬里書。（《寄王琳》）

客遊經歲月，羈旅故情多。近學衡陽雁，秋分俱渡河。（《和侃法師三絶》第二首）

這些都是以極明朗精約的文字，直接抒寫其苦念故國之情，語雖簡短，而其所表現的意緒之悲涼深永，使讀者體味無盡。這些小詩的風格，已是唐人五言絶句的精神境界，爲唐人在這一體裁上提供了精美的範本。

庾信的《哀江南賦》，是他生平最爲宏偉之作，當於另章詳加論述。

二 北朝其他詩人

與庾信一同被留在北方的王褒，其文學成就比之庾信遠爲不及。在他的《王司空集》中，衹有《寄梁處士周弘讓書》，較沉痛地表達了他流落不歸的生活情緒，另外在少數詩篇中有所吐露，如：

秋風吹木葉，還似洞庭波。常山臨代郡，亭障繞黄河。心悲異方樂，腸斷隴頭歌。薄暮臨征馬，失道北山阿。（《渡河北》）

連翩慣流落，悽愴惜離羣。東西御溝水，南北會稽雲。河橋兩堤絶，横歧數路分。山川遥不見，懷袖遠相聞。（《别王都官》）

上二詩一致地抒寫了他在流寓異域中對於故國的懷念，情致悱惻動人。前首的風格近似庾信的《擬詠懷》諸作。但這類的詩在其集中還是極爲寥寥的。

北朝的詩歌，確如《北史・文苑傳》所説：「體物緣情，則寂寥於世。」但也還有極少數爲人所傳誦的作品，順便在此拈出。如蕭慤的《秋思》：

清波收潦日，華林鳴籟初。芙蓉露下落，楊柳月中疏。燕幃緗綺被，趙帶流黄裾。相思阻音信，結夢感離居。

這首作品相當清麗，而其中「芙蓉露下落，楊柳月中疏」二句，以毫不費力的筆觸，勾畫出一幅秋夜的清美物象，給人以體味不盡的藝術美感，當時顔之推即曾愛賞其「蕭散宛然在目」。後來清代詞人納蘭性德的《臨江仙・寒柳》詞云：「疏疏一樹五更寒，愛他明月好，憔悴也相關。」二者意境之清美，千餘年間，可謂異曲同工。而蕭慤乃是梁朝的宗室，從南朝投奔到北方來的，他這二句的體物之妙，仍是南朝文人擅長的藝術才能的表現。

另外有一首相傳爲北魏胡太后所作的《楊白花》：

陽春二三月，楊柳齊作花，春風一夜入閨闥，楊花飄盪落南家。含情出户脚無力，拾得楊花泪沾臆，秋去春來雙燕子，願銜楊花入窠裏！

據《梁書·楊華傳》曾記有這首詩的來由：「楊華……父大眼爲魏名將。華少有勇力，容貌雄偉，魏胡太后逼通之。華懼及禍，乃率其部曲來降。胡太后追思之不能已，爲作《楊白華(同花)》歌辭，使宫人晝夜連臂蹋足歌之，辭甚悽惋焉。」看來這首詩乃是一個貴族婦人因惋傷其已經破滅的戀情而發，她以雙關影射的寫法，藉對春物的惋惜，以表達她對所戀愛者的追念深情，並懷藏着空幻的希冀，情致纏綿悱惻，實乃是這個荒淫的統治者無可奈何的哀鳴。

第七章　民歌藝壇的絢爛芳菲

第一節　鮮麗活潑的南朝樂府民歌

南北朝時代，是我國文學史上民歌又一次繁榮燦爛的時代。它們又以嶄新的姿貌呈現出來，似高映這時詩壇的一片繁星，閃耀着絢爛的光輝，啓示和滋潤着當時及後代文人的詩歌創作。由於當時南北兩地的社會狀況有着顯著巨大的差異，所以民歌也表現着迥然各别的藝術風貌。

由於人民長期被剥奪了享受文化的權利，人民的歌詠得以被保存下來，主要靠統治階級的收集和記録，南朝民歌就是被當時統治階級收入樂府而得以保存下來的，它們是南朝樂府中最主要的部分，也是它的精華所在。南朝樂府民歌是承接漢樂府民歌的衰落而興起的。漢樂府民歌極爲曹魏統治者所愛好，並多所擬作。他們擬作的樂府詩中，固然有不少深刻反映現實生活的，但也有不少歌頌自己功德及對神仙長年的企望遐想的。漢樂府歌曲也就由俗樂而上昇爲雅樂，至晉代而雅化更甚。魏晉樂府所奏歌辭多爲文人製作，不再注意搜求民歌，因此，在魏晉樂府中，民歌頓形消沉。西晉之亂，雅樂亦隨而散亡。及宋武帝平關中，乃將散落在北方的雅樂帶回江南。這些雅樂，雖然仍爲統治階級所應用，但它們的曲和辭都已陳舊無生氣，不能滿足統治階級的生活享樂需要。這時在南方社會生活環境中已產生許多新的人民歌曲，其中

發於男女戀情的歌唱，正適合統治階級的生活情調，在他們的愛好下被收入樂府，並多所和制。於是這些蓬勃新興的歌曲，在人們生活中代替了舊曲的地位。南朝樂府民歌就是配合這些新興歌曲而演唱的歌辭。

南朝樂府民歌大部分被保存在清商曲辭中，共分吴歌、西曲和神弦歌三類，而神弦歌數量極少，内容也簡單，故應以前兩類爲主。吴聲和西曲的產生地點，郭茂倩在其《樂府詩集》各曲敍説中曾明白指出：

> 吴歌雜曲並出江南，東晉以來，稍有增廣。其始皆徒歌，既而被之管弦。蓋自永嘉渡江之後，下及梁陳，咸都建業，吴聲歌曲，起於此也。（卷四十四《吴聲歌曲》）

> 按西曲歌出於荆、郢、樊、鄧之間，而其聲節送和與吴歌亦異，故(因)其方俗而謂之西曲云。（卷四十七《西曲歌》）

建業（即今南京市）爲從東晉到陳的歷代首都，是當時政治、經濟和文化的中心；而荆、郢、樊、鄧這些江漢之間的地域，也是當時西方軍事重鎮，爲大官僚常駐之所，經濟、文化也很發達，因此形成當時兩個民歌興盛的重心。吴歌和西曲，除了西曲間或有些商人男女離别的情調，從内容到形式没有什麽差别，衹是聲節送和有所不同而已。二者以吴聲歌曲數量最多，曲辭也較集中，其中

以《子夜歌》、《子夜四時歌》、《華山畿》和《讀曲歌》各曲歌辭爲多，如《華山畿》的歌辭是最少的，也有二十五首，而《讀曲歌》竟多至八十九首。西曲的歌曲較吴聲多，而歌辭數量很零散，其中如《月節折楊柳歌》最多也衹有十三首，其次如《孟珠》衹有十首，再次如《烏夜啼》、《襄陽樂》、《青驄白馬》等也都衹八九首。它們産生的時代，吴歌較西曲爲早。吴歌中産生時代最早的爲《前溪歌》，乃東晉初期的沈充所作；産生時代最遲的爲宋文帝時由民間謡曲演成的《讀曲歌》。西曲中産生時代最早的爲《石城樂》，它乃是宋文帝初期臧質爲竟陵内史時從民謡改制而成；産生時代最遲的爲梁武帝蕭衍即位後作的《襄陽蹋銅蹄》，它也是在民謡影響下制出的。無論是吴歌或西曲，其中許多歌曲是直接出自人民，就是有些是統治貴族在民歌基礎上改制成的歌曲，其現存的歌辭大多數是在歌曲盛行之後人民依曲唱出的。

吴歌和西曲的内容，都是一色的對於男女愛情生活的抒寫。這固然是江南商業社會中思想解放的人民生活所固有的一個方面，但也是由於這類情調正適合於當時腐化的統治階級的愛好，因而這類歌辭獨被收入樂府得以保存下來，其他方面的就被拋棄了。因爲人民的歌唱内容應是多方面的，決不會如此單調。儘管如此，然而其中所抒寫的感情仍極真純、樸質、健康，與腐化的統治階級的宫體詩所描寫的，有着本質的區别。

即令是一色的對於男女愛情的抒寫，但由於它們是從人民生活中産生的，因而所呈現出的狀態，是極爲複雜多姿的。它們確極真實地反映出了當時江南社會生活的一個方面。它們所反映的男女愛情生活，大都是以女性爲主體的。從那些被描寫的女性的口吻和生活情態看來，她們都是城市中小家的或甚至是不幸沉淪在社會底層的女子。這些女子的出現，是有其當時現實社會根源的。江南自永嘉之亂後，由於中原人民大量南移，農業、手工業和商業都有很大發展，於是形成沿江許多重要都市如建業、江陵、襄陽等處的空前繁榮；同時由於統治貴族大量兼併土地，造成無數人民的失業，因此，在許多大都市中聚集着大量的小商人、手工業者和失業游民。這些人家的女子，因生活處境及封建禮教觀念較澹薄，所以在男女愛情生活上坦率放恣。從絶大多數的作品内容看來，她們本身並非勞動者，而是都市社會的寄生者，但她們的生活命運和情緒，以及對於美好生活理想的追求，實可給予深切同情的。

在我國古代封建社會制度下，女子是依附男子生活的，因此，愛情問題是女子終身最重大的問題，成爲她們生活中注意的中心。在南朝樂府民歌裏，我們可看到無數少女在愛情問題上所表現的多種複雜心情：

　　係裙未結帶，約眉出前窗，羅裳易飄颺，小開罵東風。（《子夜歌》）

憐歡好情懷，移居作鄉里，桐樹生門前，出入見梧子。（同上）

暫出白門前，楊柳可藏烏，歡作沉水香，儂作博山爐。《楊叛兒》

一夕就郎宿，通夜語不息，黃蘗萬里路，道苦真無極！《讀曲歌》

打殺長鳴鷄，彈去烏臼鳥，願得連冥不復曙，一年都一曉。（同上）

夜長不得眠，明月何灼灼！想聞歡喚聲，虛應空中諾。《子夜歌》

自從別郎後，臥宿頭不舉，飛龍落藥店，骨出祇爲汝。《讀曲歌》

歡從何處來？端然有憂色，三喚不一應，有何比松柏！《子夜歌》

始欲識郎時，兩心望如一，理絲入殘機，何悟不成匹！（同上）

就從上面所鈔録的少許作品中，我們即可約略看出她們這樣許多情態：江南少女的天真嬌憨，她們對於愛侶的急切追求，對於愛情生活的沉醉和戀惜，獲得愛情生活享受的艱辛，別後相思中的生活精神失常以至痛苦困頓，或者對於兩情的憂疑，甚至於絕望。所有這一切，使人感到感情真純篤摯，語言活潑新鮮而富於生活氣息，充分顯示了民歌所特有的風格。

在我國長期封建社會制度下，人民的生活總是樂少苦多的。南朝樂府民歌中所反映的人民愛情生活也是如此，其中對於離別的痛苦情狀描寫得很多。由於當時社會和她們處境的原因，她們和男性的愛情關係往往是不正常的，從下面一首即可看出：

夜來冒風雪，晨去履風波，雖得叙微情，奈儂身苦何！《夜度娘》

在這樣關係下的愛情，是難得有可靠的保證的，所以離別使她們不能不驚心動魄：

啼着曙，泪落枕將浮，身沈被流去。《華山畿》

相送勞勞渚，長江不應滿，是儂泪成許。（同上）

聞歡遠行去，相送方山亭，風吹黃蘗藩，惡聞苦離聲。《石城樂》

聞歡下揚州，相送楚山頭，探手抱腰看，江水斷不流。《莫愁樂》

在這裏，一些異常誇張的形容，却是極恰當地表達了這種激烈的悲痛情緒，使人並不感覺荒謬，倒是獲得藝術的滿足。

在這些民歌中，我們還可看到她們對於愛情的堅貞固執：

華山畿，君既爲儂死，獨生爲誰施！歡若見憐時，棺木爲儂開。《華山畿》

春蠶不應老，晝夜常懷絲，何惜微軀盡，纏綿自有時。《作蠶絲》

後一首的主人公極切貼地以蠶自比，她甘願爲愛情付出自己的一切，堅信必有達到願望的時候。李商隱的名句「春蠶到死絲方盡」，語雖精工，却缺乏人民這種樂觀信念。前一首更表現了一位

以身殉情的女性對於愛情的珍重。關於這首詩，曾有一段離奇的故事。大致是這樣：宋少帝時，南徐一個讀書人從華山畿往雲陽，看見客舍有個少女，內心很愛慕，但無由達到願望，因相思而死。葬時車過女門，固定着不動，女出唱此歌，棺應聲而開，女即進入棺中，棺木再也無法打開，這一對情侶就這樣同棺合葬了。這個故事的離奇情節固不可信，但其中女主人公的行爲，表現了她對愛情的忠誠，而這首詩及故事的在社會上流傳下來，也正是由於人民對這種純潔愛情的喜愛讚賞。

從上舉一系列的作品中所見到的，她們對愛情的憂慮、煩惱、痛苦，甚至付出生命的代價，這一切都不是我們今天所能想象的，乃是一種社會病態的反映。因此，她們這些婉轉動人的歌唱，正可看作對不合理的社會生活和制度的揭露控訴，這就是它們較重要的社會意義所在。

在吴歌和西曲以外，被列入《雜曲歌辭》中的一首《西洲曲》，是一首藝術形式最爲成熟的作品：

憶梅下西洲，折梅寄江北。單衫杏子紅，雙鬢鴉雛色。西洲在何處？兩槳橋頭渡。日暮伯勞飛，風吹烏臼樹。樹下即門前，門中露翠鈿。開門郎不至，出門採紅蓮。採蓮南塘秋，蓮花過人頭，低頭弄蓮子，蓮子青如水。置蓮懷袖中，蓮心徹底紅。憶郎郎不至，仰首望飛鴻。鴻飛滿西洲，望郎上青樓。樓高望不見，盡日欄杆頭。欄杆十二曲，垂手明如玉。卷簾天自高，海水摇空緑。海水夢悠悠，君愁我亦愁。南風知我意，吹夢到西洲。

它的篇幅雖然較長，但仍是以五言四句一解的章法爲基礎，用鈎接的句法把上下章緊連起來，首尾一貫地構成一幅完美的藝術形象。全詩描寫的是一個少女，她在一年四季中思念盼望其愛侣的心情。通篇以與少女的服飾、舉止、心情相適合的四時景物，和諧地襯映她的輕靈行爲和心理狀態，構成一幅色調鮮明婉媚的圖畫。從這幅圖畫中突出了她的生動可愛的形象，使人對她生活的空虚不禁感到惋惜，因而對她在追求幸福生活中的急切悵望情態深致同情。它對讀者這種微妙的感染力，正是它的完美藝術性所獲致的效果。

就現存的南朝樂府民歌而言，它的内容雖祇限於男女愛情一個方面，但它所呈現的感情之真摯纏綿，用意之新鮮靈巧，語調之婉轉清麗，以及人民運用豐富生活經驗及智慧所創造的雙關語的大量運用，藝術完整地形成當時南方民歌的特殊風貌，在我國文學史上騰耀着一片清美的異采。它以其生氣勃勃的藝術力量，吸引着當時及後代文人的愛好，並深刻地影響着他們的創作。從鮑照、謝朓、徐陵、庾信以至唐代許多詩人都有擬作。而唐代偉大詩人李白所受影響尤爲巨大。李白的作品，如《子夜四時歌》、《楊叛兒》、《丁都護歌》、《烏夜啼》、《大堤曲》等篇，在運用原題創

作中能發揮其基本情調的精神；其它如《玉階怨》、《越女詞》、《秋浦歌》等類小詩，都具有和南朝民歌一致的清新風格；而長篇的《長干行》二首和《江夏行》，也完全是南方商業社會中的民間情調。在基本情調上繼承宫體詩傳統的晚唐及五代的詞，也是接受了南朝民歌的許多方面的影響的。

第二節　雄健樸質的北朝樂府民歌

現存的北朝樂府民歌絶大部分保存在《横吹曲辭》的《梁鼓角横吹曲》中。在當時南北對峙的局面下，南北兩朝還是經常在通使中進行文化交流的。《梁鼓角横吹曲》就是北方人民的歌曲，流傳到南方而被梁朝樂府官採用保存下來的。它們的數量雖然不多，歌辭共約六十多首，而反映的生活面則非常廣闊，遠非南方僅限於男女戀情的可比。

北方自經永嘉之亂，各少數民族入據中原後，民族間的鬥爭極爲劇烈。餘留在北方的漢族人民，不斷展開反抗異族殘暴統治的鬥爭；而進入中原的各民族，也經常互相攻殺。在這長期戰爭氣氛籠罩下，同時也接受了少數民族的粗獷氣質的影響，北方的漢族人民也一般地具有雄健武勇之概。因此，他們歌唱的情調，絶沒有吴儂那種婉媚之態，而是豪邁亢直的，甚至還雜有遊牧生活的氣息。

從下面許多作品，我們可生動具體地看到北方人民特有的生活情調：

上馬不捉鞭，反折楊柳枝，蹀座吹長笛，愁殺行客兒。（《折楊柳歌》）

健兒須快馬，快馬須健兒，蹕跋黄塵下，然後别雄雌。（同上）

男兒須作健，結伴不須多，鷂子經天飛，羣雀兩向波。（《企喻歌》）

新買五尺刀，懸著中梁柱，一日三摩娑，劇於十五女。（《琅琊王歌》）

他們快意的是飛奔絶塵的騎馬技能，萬人辟易的勇猛；愛撫不置的則是仗以鬥爭的新製武器。這些習性，衹是經過長期鬥爭生活鍛煉的北方人民所特有，絶非安坐舟船的南方人民所能想象的。

歷來爲人們所嘆賞的《敕勒歌》，竟是一幅北方草原遊牧生活的寫生圖畫：

敕勒川，陰山下，天似穹廬，籠蓋四野。天蒼蒼，野茫茫，風吹草低見牛羊。

衹淡淡幾筆，直把讀者帶到寥闊無際的北國草原上了。它所顯示的藝術概括力是多麼强健！它確是一首歌詠草原遊牧生活的絶唱。這首歌本爲敕勒部族的牧歌，乃由鮮卑語轉譯過來的。它也顯示出在種族融合之際，新的血液注入詩歌中所發射的光輝。

北方民歌中，也有直接從染受漢文化熏陶的少數民族人民口頭唱出的，下録一首即是明顯的例證：

遥看孟津河，楊柳鬱婆娑，我是虜家兒，不解漢兒歌。（《折楊柳歌》）

北方人民的牧馬生活習俗，也很自然地融入愛情的描寫中：

腹中愁不樂，願作郎馬鞭，出入擐郎臂，蹀座郎膝邊。（《折楊柳歌》）

男女戀情，固然是任何地域人民生活中存在着，而且必然要發爲歌唱的；但在反映生活内容非常廣泛的北方民歌中，它們在數量上所占的比例既不算大，在質量上也遠不及南朝民歌表現的那樣出色。除了上面所舉一首，下録兩首就算是其中較好的：

側側力力，念君無極，枕郎左臂，隨郎轉側。

摩捋郎須，看郎顔色，郎不念女，不可與力。（《地驅樂歌》）

另有一首《地驅樂歌》，看來也是表達男女戀情的：

月明光光星欲墮，欲來不來早語我。

祇是簡單的兩句，却合盤託出了期待過久時的愠急聲情和北方人民所具有的爽直性格。

還有一些作品，看來還談不上是表達男女戀情的，所反映的乃是女子對於婚嫁的迫切要求：

驅羊入谷，白羊在前，老女不嫁，蹋地唤天。（《地驅樂歌》）

門前一株棗，歲歲不知老，阿婆不嫁女，那得孫兒抱。（《折楊柳歌》）

黄桑柘屐蒲子履，中央有係兩頭係，小時憐母大憐婿，何不早嫁論家計！（《捉搦歌》）

這三首都一致表達出女子被留不嫁的急切心情。這很可能是因爲北方生産落後，勞動力缺乏，她們非如南方都市女子之能閒在家中，而須參加生産勞動。從另一首《捉搦歌》末句「老女不嫁祇生口」看來，她們中有的或甚至是奴隸。因此，她們雖年過婚齡，却仍不讓出嫁，所以徑自提出要求，乃至憤激地「蹋地唤天」了。它們比單表男女戀情的具有更重要的社會意義。

在北朝樂府民歌中，我們還可看到更廣泛而重要的社會生活的反映：

粟谷難舂付石臼，弊衣難護付巧婦。男兒千凶飽人手，老女不嫁祇生口。（《捉搦歌》）

快馬常苦瘦，剿兒常苦貧，黄禾起羸馬，有錢始作人。（《幽州胡馬客歌》）

雨雪霏霏雀勞利，長嘴飽滿短嘴饑。（《雀勞利歌》）

東山看西水，水流盤石間，公死姥更嫁，孤兒甚可憐。（《琅琊王歌》）

兄在城中弟在外，弓無弦，箭無括，食糧乏盡若何活！救我來！救我來！（《隔谷歌》）

隴頭流水，流離山下，念吾一身，飄然曠野。

朝發欣城，暮宿隴頭，寒不能語，舌卷入喉。

隴頭流水，鳴聲幽咽，遥望秦川，心肝斷絶。（《隴頭歌》）

男兒可憐蟲，出門懷死憂，屍喪狹谷中，白骨無人收。（《企喻歌》）

上列許多作品給我們展示了這麽紛雜的社會實況：男女奴隸對於自己命運的傷痛，勤苦貧賤者的憤激，無依孤兒的悲慘，戰爭死亡的威脅，逾隴遠戍的苦寒，棄屍窮谷的深憂，這一切都是在階級壓迫下，窮苦人民從内心發出的悲吟，給我們展示了當時中原社會生活的許多真實面貌，和廣大人民的生活命運，是具有重大而深刻的社會意義的。

如上所述，北朝樂府民歌所反映的社會生活是相當廣闊的，適應其内容性質及北方人民在鬥爭生活中形成的特有氣質，它們所呈現的風格面貌則是樸質剛健，與南方民歌的内容窄狹而風格柔媚恰成鮮明的對照。它們以其廣闊的社會内容和樸質剛健的風格，延續了漢代樂府民歌的現實主義傳統，深刻地影響着後代詩人，爲他們的詩歌創作注入健康的血素，使它們不致因吸收南朝民歌的營養而患貧弱，以致墮入綺靡不振。

第三節　傳奇式的英雄女性讚歌——《木蘭詩》

對後代影響巨大而足代表北朝民歌的最高成就的，乃是人民集體創作的《木蘭詩》：

唧唧復唧唧，木蘭當户織，不聞機杼聲，唯聞女嘆息。「問女何所思？問女何所憶？」「女亦無所思，女亦無所憶。昨夜見軍帖，可汗大點兵，軍書十二卷，卷卷有爺名。阿爺無大兒，木蘭無長兄，願爲市鞍馬，從此替爺征。」東市買駿馬，西市買鞍韉，南市買轡頭，北市買長鞭。朝辭爺娘去，暮宿黄河邊，不聞爺娘唤女聲，但聞黄河流水鳴濺濺。旦辭黄河去，暮至黑山頭，不聞爺娘唤女聲，但聞燕山胡騎聲啾啾。萬里赴戎機，關山度若飛，朔氣傳金柝，寒光照鐵衣。將軍百戰死，壯士十年歸。歸來見天子，天子坐明堂，策勳十二轉，賞賜百千强。可汗問所欲，木蘭不用尚書郎，願藉明駝千里足，送兒還故鄉。爺娘聞女來，出郭相扶將；阿姊聞妹來，當户理紅妝；小弟聞姊來，磨刀霍霍向猪羊。開我東閣門，坐我西閣床，脱我戰時袍，着我舊時裳。當户理雲鬢，對鏡貼花黄。出門看伙伴，伙伴皆驚惶，同行十二年，不知木蘭是女郎。雄兔脚撲朔，雌兔眼迷離，兩兔傍地走，安能辨我是雄雌！

全詩的内容是描述一位英勇的少女代父從軍的故事。在習於武勇的北方社會中，這種英雄女性的出現，也是自然合理的。如《李波小妹歌》所寫李波小妹的武藝，也就精强驚人：

李波小妹字雍容，褰裳逐馬如卷蓬，左射右射必叠雙。婦女尚如此，男子安可逢！

據《魏書》説李波「宗族强盛，殘掠不已，公私咸怨」。看來這首詩並非是人民對李波小妹的歌頌，而是藉以表明李波一家之兇猛可怕。但這也足以證明，在當時北方社會的風習漸染中，確實不乏武勇非凡的女性。而這首《木蘭詩》，則是人民對於木蘭代父從軍這種奇異英雄事跡的

熱情歌頌。

詩的故事從她勞動生活開始，她知道了父親將無可避免地要服兵役，經過一番內心矛盾，乃決然代父從軍。以後經過一段長期艱苦的戎馬生活，立下出色的戰功，然後辭謝官賞歸家，最後在戰友面前顯示出本來面目，故事即以喜劇結束。整個故事的中心目的，就在讚頌木蘭以一女子代父從軍的奇跡。這一目的，充分體現在構成藝術完美的人物形象的一系列情節中。

整個的故事情節，是緊緊把握着女性這一特點，通過人物的具體生活和感情的描寫展開的。開始寫她所從事的生產勞動及見到軍帖後的思慮，都切合女性這一特點，並賦予她善良的性格。而在當時社會條件下，以一女子竟要跨上戎馬生活，這是多麼奇勇的決定！從對國家的義務言，她的父親必須出征；但因某種原故，如年老或者須負擔家庭生活，而不能出去。對於這樣的嚴重矛盾，她祇有以挺身代父從軍來解決。這種解決矛盾的辦法，是在萬不得已的處境下決定的，因而顯得非常自然。這個勇敢決定之能作出，也是以其善良的品質作基礎的。

下面四句寫她到四市購置鞍馬，這固然由當時的府兵制度所決定，但用這種鋪排的寫法，意在表明她已決定出征後的飽滿情緒，正因爲有這種飽滿情緒，她才能出色地完成出征的任務。

接着兩層在黃河及黑山宿營情景的描寫，極宛妙地形容出一個初離父母出征的少女的新異感受，這一自然合情合理的情節的作用，即在突出顯示她的女性的特點。在這裏，我們不應誤認含有非戰思想，如果這樣，那她的勇敢立功便是毫無意義的，也和整個詩中所具有的積極精神不協調，更會損傷歌頌英勇女性的主題思想。她之代父出征，也祇是主動擔負起對國家對父親義不容辭的任務，並無怨恨之意，而全詩也毫未給人以戰爭殘酷的感覺。

「萬里赴戎機」四句，以極精練的筆墨，約略勾示出她的長期軍戎生活的一斑，隨後二句則把十年中無限複雜的戰爭生活經歷輕輕帶過，表現了異常高强的概括力。由於作品的目的在於描述她代父從軍的經過，而不在於描寫戰爭，因此，對於戰爭生活不須着重形容，而祇是作爲整個故事結構中不可缺少的過脈，所以在這裏描述得這樣精簡。

「歸來見天子」以下八句，主要的在於表明出色地完成了出征任務後，急切盼望和家人團聚，重度和平的家庭生活。她建立戰功之多，也顯示了她在戰爭中的英勇。她不願作官而祇願還鄉，也正切合一個女性的心性和處境。在這裏不必硬給加上什麼鄙視官禄的意義，因爲她還是一個隱蔽着的女身，在當時歷史條件下，是不可能想象到接受官職的。

「爺娘聞女來」六句，以三排同樣的句式，極力鋪寫她將抵家時家人歡騰的情景；接着又連

用四個排句，從她急於回到舊日生活的行動中，馳躍着她初到家時的狂喜心情，共同形成一片大團圓的熱鬧歡樂氣氛，使讀者也不禁同爲撫掌，歡慶其圓滿地完成了代父從征的任務。最後寫她梳妝後走出門外，向戰友們顯露本相，使得戰友們驚惶失措，形成整個故事的最高潮。在結尾處，木蘭以幽默的比喻對戰友的戲弄，顯得她多麼深沉機智！而一片裊裊餘音，更令人感覺悠揚不盡。

從上面的分析中，我們可明切感到這位英雄女性所具有的善良、勇敢、堅强、機智的性格。這些性格，藉助於精當的藝術結構及表現手法，從人物的行動和語言上生動具體地體現出來，成爲一個完整的藝術形象。這個形象本身也就是作者對這位英雄女性所作的崇高評價和熱情歌頌。而這一藝術形象之一直在廣大人民思想感情中閃耀着燦爛的光輝，也就表明作者熱情歌頌所獲得的巨大深遠的藝術效果。

《木蘭詩》對後世的影響非常廣遠。首先，對文人的詩歌言，我們可在杜甫的詩中得到明顯的例證。如其《草堂》詩有云：「舊犬喜我歸，低徊入衣裾；鄰舍喜我歸，酤酒携胡盧；大官喜我來，遣騎問所須；城郭喜我來，賓客隘邱墟。」這類排敍的方法，正是從《木蘭詩》中吸取來的。其次，由於這一女性英雄故事本身富於傳奇性，它一直成爲許多劇種的題材，如今天豫劇名演員常香玉主演的《花木蘭》，就是廣大人民所喜愛的名劇。再次，因爲木蘭從軍故事爲廣大人民所熟悉讚賞，於是木蘭便成了廣大人民心目中的英雄女性的最高典型，她的英名常被用來作爲對女性英勇行爲的讚揚。由此可見她對人民影響的巨大。